海上絲綢之路基本文獻叢書

菽園雜記（上）

〔明〕陸容 撰

文物出版社

圖書在版編目（CIP）數據

蓺園雜記．上 /（明）陸容撰．-- 北京 : 文物出版社，2022.7
（海上絲綢之路基本文獻叢書）
ISBN 978-7-5010-7589-8

Ⅰ．①蓺… Ⅱ．①陸… Ⅲ．①筆記小説－小説集－中國－明代 Ⅳ．① I242.1

中國版本圖書館 CIP 數據核字（2022）第 087628 號

海上絲綢之路基本文獻叢書
蓺園雜記（上）

撰　　者：〔明〕陸容
策　　劃：盛世博閱（北京）文化有限責任公司

封面設計：鞏榮彪
責任編輯：劉永海
責任印製：張道奇

出版發行：文物出版社
社　　址：北京市東城區東直門内北小街 2 號樓
郵　　編：100007
網　　址：http://www.wenwu.com
經　　銷：新華書店
印　　刷：北京旺都印務有限公司
開　　本：787mm×1092mm　1/16
印　　張：12.5
版　　次：2022 年 7 月第 1 版
印　　次：2022 年 7 月第 1 次印刷
書　　號：ISBN 978-7-5010-7589-8
定　　價：92.00 圓

總緒

海上絲綢之路，一般意義上是指從秦漢至鴉片戰爭前中國與世界進行政治、經濟、文化交流的海上通道，主要分爲經由黄海、東海的海路最終抵達日本列島及朝鮮半島的東海航綫和以徐聞、合浦、廣州、泉州爲起點通往東南亞及印度洋地區的南海航綫。

在中國古代文獻中，最早、最詳細記載『海上絲綢之路』航綫的是東漢班固的《漢書·地理志》，詳細記載了西漢黄門譯長率領應募者入海『齎黄金雜繒而往』之事，書中所出現的地理記載與東南亞地區相關，并與實際的地理狀况基本相符。

東漢後，中國進入魏晋南北朝長達三百多年的分裂割據時期，絲路上的交往也走向低谷。這一時期的絲路交往，以法顯的西行最爲著名。法顯作爲從陸路西行到印度，再由海路回國的第一人，根據親身經歷所寫的《佛國記》（又稱《法顯傳》）一書，詳細介紹了古代中亞和印度、巴基斯坦、斯里蘭卡等地的歷史及風土人情，是瞭解和研究海陸絲綢之路的珍貴歷史資料。

隨着隋唐的統一，中國經濟重心的南移，中國與西方交通以海路爲主，海上絲綢之路進入大發展時期。廣州成爲唐朝最大的海外貿易中心，朝廷設立市舶司，專門管理海外貿易。唐代著名的地理學家賈耽（七三〇～八〇五年）的《皇華四達記》記載了從廣州通往阿拉伯地區的海上交通『廣州通夷道』，詳述了從廣州港出發，經越南、馬來半島、蘇門答臘半島至印度、錫蘭，直至波斯灣沿岸各國的航綫及沿途地區的方位、名稱、島礁、山川、民俗等。譯經大師義净西行求法，將沿途見聞寫成著作《大唐西域求法高僧傳》，詳細記載了海上絲綢之路的發展變化，是我們瞭解絲綢之路不可多得的第一手資料。

宋代的造船技術和航海技術顯著提高，指南針廣泛應用於航海，中國商船的遠航能力大大提升。北宋徐兢的《宣和奉使高麗圖經》詳細記述了船舶製造、海洋地理和往來航綫，是研究宋代海外交通史、中朝友好關係史、中朝經濟文化交流史的重要文獻。南宋趙汝適《諸蕃志》記載，南海有五十三個國家和地區與南宋通商貿易，形成了通往日本、高麗、東南亞、印度、波斯、阿拉伯等地的『海上絲綢之路』。宋代爲了加强商貿往來，於北宋神宗元豐三年（一〇八〇年）頒佈了中國歷史上第一部海洋貿易管理條例《廣州市舶條法》，并稱爲宋代貿易管理的制度範本。

元朝在經濟上採用重商主義政策，鼓勵海外貿易，中國與歐洲的聯繫與交往非常頻繁，其中馬可·波羅、伊本·白圖泰等歐洲旅行家來到中國，留下了大量的旅行記，記録元代海上絲綢之路的盛况。元代的汪大淵兩次出海，撰寫出《島夷志略》一書，記録了二百多個國名和地名，其中不少首次見於中國著録，涉及的地理範圍東至菲律賓群島，西至非洲。這些都反映了元朝時中西經濟文化交流的豐富内容。

明、清政府先後多次實施海禁政策，海上絲綢之路的貿易逐漸衰落。但是從明永樂三年至明宣德八年的二十八年裏，鄭和率船隊七下西洋，先後到達的國家多達三十多個，在進行經貿交流的同時，也極大地促進了中外文化的交流，這些都詳見於《西洋蕃國志》《星槎勝覽》《瀛涯勝覽》等典籍中。

關於海上絲綢之路的文獻記述，除上述官員、學者、求法或傳教高僧以及旅行者的著作外，自《漢書》之後，歷代正史大都列有《地理志》《四夷傳》《西域傳》《外國傳》《蠻夷傳》《屬國傳》等篇章，加上唐宋以來衆多的典制類文獻、地方史志文獻，集中反映了歷代王朝對於周邊部族、政權以及西方世界的認識，都是關於海上絲綢之路的原始史料性文獻。

海上絲綢之路概念的形成，經歷了一個演變的過程。十九世紀七十年代德國地理學家費迪南・馮・李希霍芬（Ferdinad Von Richthofen，一八三三～一九〇五），在其《中國：親身旅行和研究成果》第三卷中首次把輸出中國絲綢的東西陸路稱爲『絲綢之路』。有『歐洲漢學泰斗』之稱的法國漢學家沙畹（Édouard Chavannes，一八六五～一九一八），在其一九〇三年著作的《西突厥史料》中提出『絲路有海陸兩道』，蘊涵了海上絲綢之路最初提法。迄今發現最早正式提出『海上絲綢之路』一詞的是日本考古學家三杉隆敏，他在一九六七年出版《中國瓷器之旅：探索海上的絲綢之路》中首次使用『海上絲綢之路』一詞；一九七九年三杉隆敏又出版了《海上絲綢之路》一書，其立意和出發點局限在東西方之間的陶瓷貿易與交流史。

二十世紀八十年代以來，在海外交通史研究中，『海上絲綢之路』一詞逐漸成爲中外學術界廣泛接受的概念。根據姚楠等人研究，饒宗頤先生是華人中最早提出『海上絲綢之路』的人，他的《海道之絲路與昆侖舶》正式提出『海上絲路』的稱謂。選堂先生評價海上絲綢之路是外交、貿易和文化交流作用的通道。此後，大陸學者馮蔚然在一九七八年編寫的《航運史話》中，使用『海上絲綢之路』一詞，這是迄今學界查到的中國大陸最早使用『海上絲綢之路』的人，更多地限於航海活動領域的考察。一九八〇年北京大學陳炎教授提出『海上絲綢之路』研究，并於一九八一年發表《略論海上絲綢之路》一文。他對海上絲綢之路的理解超越以往，且帶有濃厚的愛國主義思想。陳炎教授之後，從事研究海上絲綢之路的學者越來越多，尤其沿海港口城市向聯合國申請海上絲綢之路非物質文化遺産活動，將海上絲綢之路研究推向新高潮。另外，國家把建設『絲綢之路經濟帶』和『二十一世紀海上絲綢之路』作爲對外發展方針，將這一學術課題提升爲國家願景的高度，使海上絲綢之路形成超越學術進入政經層面的熱潮。

與海上絲綢之路學的萬千氣象相對應，海上絲綢之路文獻的整理工作仍顯滯後，遠遠跟不上突飛猛進的研究進展。二〇一八年厦門大學、中山大學等單位聯合發起『海上絲綢之路文獻集成』專案，尚在醖釀當中。我們不揣淺陋，深入調查，廣泛搜集，將有關海上絲綢之路的原始史料文獻和研究文獻，分爲風俗物産、雜史筆記、海防海事、典章檔案等六個類别，彙編成《海上絲綢之路歷史文化叢書》，於二〇二〇年影印出版。此輯面市以來，深受各大圖書館及相關研究者好評。爲讓更多的讀者親近古籍文獻，我們遴選出前編中的菁華，彙編成《海上絲綢之路基本文獻叢書》，以單行本影印出版，以饗讀者，以期爲讀者展現出一幅幅中外經濟文化交流的精美畫卷，爲海上絲綢之路的研究提供歷史借鑒，爲『二十一世紀海上絲綢之路』倡議構想的實踐做好歷史的詮釋和注脚，從而達到『以史爲鑒』『古爲今用』的目的。

凡例

一、本編注重史料的珍稀性，從《海上絲綢之路歷史文化叢書》中遴選出菁華，擬出版百册單行本。

二、本編所選之文獻，其編纂的年代下限至一九四九年。

三、本編排序無嚴格定式，所選之文獻篇幅以二百餘頁爲宜，以便讀者閱讀使用。

四、本編所選文獻，每種前皆注明版本、著者。

五、本編文獻皆爲影印，原始文本掃描之後經過修復處理，仍存原式，少數文獻由於原始底本欠佳，略有模糊之處，不影響閱讀使用。

六、本編原始底本非一時一地之出版物，原書裝幀、開本多有不同，本書彙編之後，統一爲十六開右翻本。

目録

萩園雜記（上）

菽園雜記（上）

卷一至卷七

〔明〕陸容 撰

清抄本

菽園雜記

王文恪罷相歸吳每語其門人曰本朝紀事家當以陸文量菽園雜記爲第一

篁墩程氏作公傳其畧曰公當弘治初伏闕上疏時余方以言者去國衢中得其稿讀而歎曰偉哉賈陸之緒論乎然亦未必其終獲遇也

夫士猷求其無媿而已公雖用不
究所學肰有建白在
朝廷有惠澤在民肏著述在學者足
以考見矣遇不遇奚病焉

菽園雜記卷一

吳郡陸容文量著

朝廷每端午節賜朝官喫糕粽於午門外酒數行而出文職大臣仍從　駕幸後苑觀武臣射柳事畢皆出上迎　母后幸内沼看划龍船砲聲不絶蓋宣德以來故事也丙戌歲礮聲無聞人疑之後聞供奉者云是日内官奏放礮　上止之云酸子聞之便有許多議論也　上之顧恤人言如此可以仰見　聖德矣

奉天門常朝御座後内官持一小扇金黄絹以裹之嘗聞一老將軍云非扇也其名卓影辟邪永樂間外國所進但聞其名不知爲何物也

嘗聞尚衣縫人云　上近體衣俱松江三梭布所製

本朝家法如此　太廟紅紵絲拜裀立脚處乃紅布
其品節又如此今富貴家佻健子弟乃有以紵絲綾
段爲袴者暴殄過分甚矣
近見洪武四年御試録總提調中書省官二人讀卷官
祭酒博士給事中修撰各一人監試官御史二人掌
卷受卷彌封官名主事一人對讀官司丞編修二人
搜檢懐挾監門巡綽所鎮撫各一人禮部提調官尚
書二人次御試策題又次恩榮次第云洪武四年二
月十九日廷試二十日午門外唱名張掛黄榜奉天
殿欽聽宣諭同日除受職名於奉天門謝恩二十二
日錫宴于中書省二十三日國子學謁先聖行釋菜
禮第一甲三名賜進士及第第一名授員外郎第二名

第三名授主事第二甲一十七名賜進士出身俱授
主事第三甲一百名賜同進士出身俱授縣丞姓名
下籍狀與今式同國初制度簡畧如此今進士登科
録首録禮部官奏　殿試日期合請讀卷及執事官
員數進士出身等第　聖旨俞允謂之玉音次録讀
卷提調監試受卷彌封掌卷巡綽印卷供給各官職
名又次録三月一日諸貢士赴內府殿試　上御奉
天殿　親試策問三日早文武百官朝服錦衣衛設
鹵簿于丹陛丹墀內　上御奉天殿鴻臚寺官傳
制唱名禮部官捧黄榜鼓樂導出長安左門外張掛
畢順天府官用傘蓋儀從送狀元歸第四日賜宴於
禮部宴畢赴鴻臚寺習儀五日賜狀元　朝服冠帶

及進士寶鈔六日狀元率諸進士上表謝恩七日狀元諸進士請先師孔子廟行釋菜禮禮部奏請命工部於國子監立石題名朝廷或有事則殿試移宅日謂之恩榮次第又次録進士甲第第一甲三人賜進士及第第二甲若干人賜進士出身第三甲若干人賜同進士出身每人名下各具家狀最後録第一甲三人所對策其家狀式姓名下云貫某府某州某縣某籍某生治某經字某行幾季幾歲某月某日生曾祖某祖某父某母某氏祖父母父母俱存曰重慶下父母俱存曰具慶下父存母故曰嚴侍下父故母存曰慈侍下父母俱故永感下兄某弟某娶某氏某處鄉試第幾名會試第幾名

予奉命犒師寧夏內府乙字庫關領軍士冬衣見內官手持數珠一串色類象骨而紅潤過之問其所製云太宗皇帝白溝河大戰陣亡軍士積骸徧野 上念之命收其頭骨規成數珠分賜內官念佛冀其輪回又有顱骨深大者則以盛淨水供佛名天靈盌皆胡僧之教也

予使跡所及歷趙秦伊周四王府朝見日皆有宴惟秦王親宴於承運門品饌豐盛餘皆長史陪宴賓館成禮而已聞秦王之母太妃陳氏賢而且嚴每朝使至必令王出宴云非惟見爾敬重朝廷好言好事亦得見聞若在宮中不過與婦人相接而已實有何益酒殽已具必令人舁入觀之如不佳典膳廚役皆受撻

辱王之所以無失禮賓客者由太妃之賢也

各鎮戍鎮守内官競以所在土物進奉謂之孝順陝西有木實名榅桲肉色似桃而上下平正如柿其氣甚香其味酸澀以蜜制之歲爲進貢然終非佳味也太監王敏鎮守陝西時始奏罷之省費頗多敏本漢府軍餘善蹋鞠　宣廟愛而閹之常熟知縣郭南上虞人虞山出軟栗民有獻南者南亟命種者悉拔去云異日必有以此殃害常熟之民者其爲民遠慮如此因類記之

環慶之墟有鹽池產鹽皆方塊如骰子色瑩然明徹蓋即所謂水晶鹽也池底又有鹽根如石土人取之規爲盤盂凡煮肉貯其中抄勻皆有鹹味用之年久則

日漸銷薄甘肅靈夏之地又有青黄紅鹽三種皆生池中

陝西布政司本唐宰相府前堂屏扆後有方石池中刻波浪紋云是宰相冰果之器後堂簷下有一石池中地稍高四周有走水渠云是宰相用以割羊又有釘官石石理中斷釘歷歷可見云唐舉子以此自占凡釘入者終身利達不入者不利往往有驗云

焚書秪是要人愚人未愚時國已墟惟有一人愚不得又從黄石授兵書此焚書坑詩不知何人所作家君常誦之坑在驪山下即坑儒谷是也

正統己巳 車駕蒙塵虜勢甚熾羣情騷然大監金英集廷臣議其事衆囁嚅久之翰林徐珵元 三謂宜南

遷英甚不以為然適兵部尚書于謙奏欲斬倡南遷之議者衆心遂決　景皇帝既即位意欲易儲一日語英曰七月初二日東宫生日也英叩頭云東宫生日是十一月初二日　上為之默然蓋　上所言者謂懷獻英所言者謂　今上也意與獻陵之對正相似程後改名有貞

陝西環縣界有唐時木波合道等城遺址志書以為范文正公守環時所築嘗考之唐德宗興元十三年二月集方渠合道木波三城邠寧節度使楊朝晟之力也文正公或因其舊址而修築之故云

温泉在臨潼縣驪山北麓即唐之華清宫故址山上有玉女祠乃其發源處唐時每歲臨幸宫殿壯麗今惟

此池存焉上覆屋數楹四周甃以甓石其水寒煖適調清澈可鑑絲髮湯泉若句容宣府遵化等處亦有之其佳勝宜莫如此然以官府掌之非貴宦無由得浴其外別引泉爲男女混堂二處則居民共之

居庸關外抵宣府驛遞官皆百戶爲之陝西環縣以北抵寧夏亦然葢其地無府州縣故也然居庸以北水甘美穀菜皆多環縣之北皆鹻地其水味苦飲之或至泄利驛官於冬月取雪實窖中化水以供上官尋常使客罕能得也

吾蘇陳僖敏公鎰爲都御史巡撫陝西時用法寬平臨事簡易數年間雨暘時若秊穀屢登民信愛之以其美鬚髯呼爲鬍子爺爺嘗以議事還朝民訛傳得代

遮道借留者數千人公諭以當復來始稍稍散去及
其復來焚香迎候亦然民父母及身有疾者發願為
公舁轎則不事醫藥祈禱輒愈一出行臺人爭舁之
雖禁之不息也及公去有畫像事之者其得民如此
代公者欲懲其弊而濟之以猛識者亦以為宜然民
雖陽畏而陰實怨之且旱潦相仍邊事日作非復昔
時之氣象矣故善論公者以為非但其德有以惠乎
民而其福之庇乎民者亦博矣

陝西都指揮司整幼嘗結數惡少為義弟兄一人受挫
則共力復仇整嘗擊殺一人於都市歌樓主家執之
不力被脫去乃執其與劉某於官究整所在劉曰我
實殺之非整也衆証為整劉自認益堅法司不能奪

乃論死後得末減發充遼東三萬衛軍整德之每歲供其軍貲時整有老母故劉誣代之古之俠士不能過也

太監牛玉之敗南京六科給事中王徽等因上疏言宦官干政專權置立私宅等事皆　祖宗時所無請一切禁革之其言讜直切中時弊徽等各調任遠州判官天下之士莫不慕其風采徽字尚文南京人丙戌歲予犒師寧夏過寧州聞判官李某數中人問及此事李云始謀於王淵志默志默恐同寮有進止者乃焚香告天以為盟奏本則各草一通俱送尚文以備采取若為首則六科以次列名不容退避蓋舊規也志默紹興山陰人謫四川茂州判官予以此舉徽擅

其名而淵之力居多故表著之
陝西城中舊無水道井亦不多居民日汲水西門外參政余公子俊知西安府時以爲關中險要之地使城閉數日民何以生始鑿渠城中引灞滻水從東入西出環甃其下以通水其上仍爲平地迤邐作井口使民得以就汲此永世之利也
西嶽華山西鎮吳山皆在陝西境内載在祀典而西安又有五嶽廟陳僖敏巡撫時既不能毀而又奏請重修之失禮甚矣况勞民傷財在所得已此不學之過也
水東日記云世稱警悟有局幹人曰乖覺于兵部奏内常用之然未見所出乃引韓退之羅隱乖角字以爲

與今乖覺意正相反蓋奏詞移文間用方言時語不必一一有出也今之所謂乖即古之所謂黠黠豈美德哉韻書訓乖云戾也背也離也凡乖者必與人背離如與人相約諫君劾姦死難稍計利害則避而違之以自全反謂不違者為癡此正所謂乖角耳

正統丙辰狀元周旋温州永嘉人聞閣老預定第一甲三人候讀卷時問同在內諸公云周旋儀貌如何或以豐美對閣老喜及傳臚不類所聞蓋豐美者嚴州周瑄聽之不真而誤對耳天順庚辰曹欽反連捕其黨馮益捕之甚急一星士馮益謙之就逮亦棄市蓋二人皆寧波人且同名故有此誤人之禍福固非偶然然亦有如此者所謂命也

慶陽西北行二百五十里爲環縣縣之城北枕山麓周圍三里許編民餘四百戶而城居者僅數十家戍兵僦屋閭巷不能容至假學宮居之其土沙瘠其水味苦乍飲之病脾泄出趙大夫溝者味甘然去城十餘里歲祀先師則取釀酒不可以給日用也驛廩稍供稻米盡買諸慶陽粟一斗得稻米一升薪木則買諸開城開城亦小邑去環八十里地有美薪其愈環可知矣其古蹟則靈武臺在焉唐肅宗以太子即位其處城之南有唐時木波合道等城遺址尚存居數日校官率舉業弟子五六人執經請益咸謹朴使之析義理皆頗能之與談古今及它文事類莫能知嘗與索韻書徧城中不可得蓋其地僻陋無賢師友校官

來師者各以所通經授弟子或不久去則貿貿焉無能成其終者無惑乎人才之難也

巡撫陝西都憲嘉禾項公忠令慶陽邠寧州縣督民種樹道旁民頗怨之巡撫延綏都憲廣東盧公祥有詩嘲之其終篇云可惜路旁如許地只栽榆柳不栽桑項公和韻云老我豈無衣食計安知此地不宜桑二詩今在慶陽公館壁間邠寧慶陽皆古豳地七月之詩言蠶桑之事備矣要之盧公之言得之

莊浪參將趙安兒土人也嘗馬蹶視土中有物得一刀甚異每地方將有事則自出其鞘者寸餘鞘當刀口處常自割壞識者云此靈物也宜時以羊血塗其口安兒賴其靈每察見出鞘則預為之備以是守邊有

季則無敢事太監劉馬兒還朝日求此刀不與以是掩其功不得陞

民間俗諱各處有之而吳中為甚如舟行諱住諱翻以箸為快兒幡布為抹布諱離散以梨為圓果傘為竪笠諱狼籍以榔槌為興哥諱惱躁以謝竈為謝歡喜此皆俚俗可笑處今士大夫亦有犯俗稱快兒者

洪武中朝廷訪求通曉曆數數往知來試無不驗者必封侯食祿千五百石山東監生周敬心奏言國祚長短在德厚薄非曆數之可定三代有道之長固所定論三代而下深仁厚德者漢唐宋而已如漢高之寬仁繼以文景之恭儉昭宣之賢明光武之中興章帝之長者唐太宗之力行仁義宋太祖之誠心愛民是

以有道之長國祚最短者莫如秦其次如隋又其次如五代始皇之酷虐煬帝之苛暴五代之窮兇是皆人事所致豈在曆數欽惟　聖上應天眷命掃滅胡夷救亂誅暴其功大矣然神武過於漢高而寛仁不及賢明過於太宗而忠厚不及是以御宇以來政教未敷四方未治伏乞効漢高之寛仁同太宗之誠慤法三代之税斂則帝王之祚可傳萬世又何必問諸小技之人耶又言陛下連年遠征臣民萬口一辭皆知為耻不得傳國寶欲取之耳臣聞傳國寶出自戰國楚平王時以卞和所得之玉琢之秦始皇秘之名曰御璽自是以來歷代珍之遂有是名易曰聖人之大寶曰位何以守位曰仁是知仁乃人君之寶玉璽

非寶也且戰國之君趙先得寶而國不守五代之君皆得寶皆不旋踵而亡盖徒知玉璽之為寶而不知仁義之為大寶故也天下治安享國之久者莫如三代三代之時未有玉璽是知有天下者在仁義而不在此璽亦明矣今為取寶使兵革數動軍民困苦是忽真正之大寶而易無用之小寶也聖人智出天下明照萬物何乃輕此而重彼愛彼而不愛此邪又言方今力役繁難戶口雖多而民勞者衆賦歛過厚田粮雖實而民窮者衆教化博矣而民不説所謂徒善也法度嚴矣而民不服所謂徒法也昔者汲黯言於漢武帝曰陛下内多慾而外施仁義奈何欲效唐虞之治乎方今國則願富兵則願強城池則願高深宮

室則顧華麗土地則顧廣人民則顧衆於是多取軍士廣積錢財征伐之舉無虚日土木之功無已時如之何其可治也又言洪武四年欽録天下官吏十三年連坐胡黨十九年起天下積年民害二十三年大殺京民此妄立罪名不分臧否一槩殺之豈無忠臣烈士善人君子誤入名項之中於兹見陛下之德薄而殺戮之機深矣夫自古不嗜殺人者能一天下而殺之多者後嗣不昌秦隋元魏之君好殺不已其後至於滅絶種類漢時誤殺一孝婦致東海枯旱三年方今水旱連年未臻大稔未必不由殺戮無辜感傷和氣之所致也又言明主之制賞不僭刑不濫今刑既濫矣復賞賜無節天下老人非功非德人賜鈔五

定出征軍官位高而禄厚平寇禦侮亦其職分當然今乃賞賜無極夫厚斂重科窮民困苦而濫賜無功之人甚無謂也宜節無功之賞以寛窮民之賦則天下幸甚萬姓幸甚其餘若通鈔法罷充軍等事皆切時弊約三千餘言節其要録之敬心不知為山東某州縣人後仕某官問之山東仕於朝者皆莫之知已無官守言責而能直言如此何其壯哉不可泯也

孟子云傅説舉於版築之間屈原云説操築於傅巖兮武丁用而不疑二書築字猶周詩築室百堵之築蔡氏註説築傅巖之野云築居也今言所居猶謂之卜築葢以版築胥靡之事説賢者不宜有此為賢者諱故云然爾然孟屈去殷周未遠必有所傳况耕稼陶

漁不足以病舜，釣弋獵較不足以累孔，窮而操築亦何足以為訕譏乎

古人於圖畫書籍皆有印記云某人圖書今人遂以其印呼為圖書正猶碑記碑銘本謂刻記銘於碑也今遂以碑為文章之名莫之正矣

前輩詩文稿不愜意者多不存獨於墓誌表碣之類皆存之者蓋有意焉景泰甲戌進士薊州錢源其先崑山人嘗以公差過崑訪求其祖墓父老無能知者居數日沈通理檢家藏前人墓誌得洪武七年邑人盧熊所為錢瑞妻章氏墓誌始知其祖墓在今儒學之後而封表之於是知葬埋之不可無誌而誌葬者世系墓地尤不可以不詳也士大夫得親戚故舊墓文

必收藏之而不使之廢棄亦厚德之一端也源本沙頭郁氏子郁與錢世連姻錢無子郁以一子爲其後戍薊州郁今爲醫官錢氏則已絶矣

吳中鄉村唱山歌大率多道男女情致而已惟一歌云南山脚下一缸油姊妹兩箇合梳頭大箇梳做盤龍髻小箇梳做揚籃頭不知何意朱廷評樹之嘗以問予予思之翼日報云此歌得非言人之所業本同厥初惟其心之趣向稍異則其成就遂有大不同者作如是觀可乎樹之云君之穎悟過我矣作如是觀此山歌第一曲也

菽園雜記卷一

菽園雜記卷二

吳郡陸容文量著

天順初有歐御史者考選學校士去留多不公富室子弟懼黜者或以賄免吾崑鄭進士文康篤論士也嘗送一被黜生詩篇末云王嫱本是傾城色愛惜黄金自悮身事可知矣時有被黜者相率鳴訴于巡撫曹州李公秉公不為理未幾李得代順德崔公恭繼之諸生復往訴公一一親試之取其可者檄送入學不數年去而成名者甚衆皆崔公之力也二公一以鎮靜為務一以伸理為心似皆有見若其孰為得失必有能辨之者

天順三年南直隷清理軍伍御史郭觀持法頗刻崑山

縣有一人誣首者至連坐二十四人充軍予家時為
里正亦在遣中将欲伸寃於巡撫公聞太倉查用純
閒習吏學與謀之查云巡撫與御史各領 勅書行
事訴之無益又謀之崑城高以平氏高云訴之可也
或以查語質之高云此非有識之言也在京刑部都
察院獄情必大理寺評允無礙才敢決斷御史在外
行事旁若無人刑獄苟有寃抑伸理平反非巡撫而
誰訴之有益於是往訴都憲崔公果為平反之二十
四人皆復為民諺云事要好問三老信然

天順癸未會試寓京邸嘗戲為魁星圖題其上云天門
之下有鬼踢斗癸未之魁筆錠入手貼於座壁已何
失去時陸鼎儀寓友人温秉中家出以為戲予為之

惘然問所從來云昨日倚門一兒持此示我以果易之予默以為吾二人得失之兆矣未幾禹儀中第一名予下第

本朝開科取士京畿與各布政司鄉試在子卯午酉年秋八月禮部會試在辰丑未戌年春二月蓋定規也洪武癸未 太宗渡江天順癸未貢院火皆以其季八月會試明年三月殿試於是二次有甲申科貢院火時舉人死者九十餘人好事者為詩云回祿如何也忌才春風散作禮闈災碧桃難向天邊種丹桂翻從火裏開豪氣滿場爭吐焰壯心一夜盡成灰曲江勝事今何在白骨稜稜漫作堆至今誦之令人傷感或云蘇州奚昌元啓作

正統間工部侍郎王某出入太監王振之門某貌美而無鬚善伺候振顔色振甚眷之一日問某曰王侍郎爾何無鬚某對云公無鬚兒子豈敢有鬚人傳以為笑

新舉人朝見著青衫不著襴衫者聞始於　宣宗有命欲其異於歲貢生耳及其下第送國子監仍著襴衫盖國學自有成規也

本朝政體度越前代者甚多其大者數事如前代公主寡再為擇壻今無之前代中官被寵與朝臣並任有以功封公侯者今中官有寵者賜袍帶有軍功者增其禄食而已前代京尹刺史皆有生殺之權今雖王公不敢擅殺人前代重臣得自辟任下寮今大臣有

專擅選官之律前代文廟聖賢皆用塑像　本朝建國學革去塑像皆用木主前代嶽鎮海瀆皆有崇名美號今止以山水本名稱其神郡縣城隍及歷代忠臣烈士後世溢美之稱俱令革去前代文武官皆得用官妓今挾妓宿娼有禁甚至罷職不叙

陳元孚先生讀書法生則慢讀吟語句熟則疾讀貪遍數攀聯以續其斷喝怒以正其誤未熟切忌背誦既倦不如少住如此力少功多乃是讀書要務

薛主事機河東人言其鄉人有患耳鳴者時或作癢以物探之出蟲蜕輕白如鵞翎管中膜一日與其侶竝耕忽雷雨交作語其侶曰今日耳鳴特甚何也言未既震雷一聲二人皆踣于地其一復甦其一腦裂而

死即耳鳴者乃知龍蟄其耳至是化去也戴主事春松江人言其鄉有衛生者手大指甲中見一紅筋時或曲直或蜿蜒而動或恐之曰此必承雨濯手龍集指甲也衛因號其指曰赤龍甲一日與客泛湖酒半雷電繞船水波震蕩衛戲語坐客曰吾家赤龍得無欲去邪乃出手船窗外龍果裂指而去此正與青州婦人青筋癢則龍出事相類傳云神龍或飛或潛能大能小其變化不測信矣哉

舊習舉業時嘗作詩說質疑一冊近已焚去存其有關大義者一二云

羔裘三章　朱氏云舍命不渝則必不徼倖以苟得而於守身之道得矣邦之司直則必不阿諛以求容

而於事君之道得矣既能順命以持身又能忠直以事上此其所以為邦之美士也如此說未為不可但詳味語意重在首章邦之司直邦之彥兮者賛美之辭耳

彤弓三章　輔氏云大抵此詩云云疑此說非是盖載與櫜是藏之之事喜與好是貺之之心右與醻是饗之之節耳當重在首章

六月有嚴有翼　謝氏云為將必嚴云云軍事不整疑此說非是嚴敬二字相因豈可分屬將帥

甫田二章　朱氏曰齊明犧羊禮之盛也云云祈年之祭言之疑此說非是此章上下五句各以韻相叶而互見其義耳非必報成之祭無樂以達和祈年之

祭無禮以備物也

思文無此疆爾界　朱氏疏義以此句專指來牟言疑非作詩者本意此句文意正如魯頌之無小無大書之無偏無黨皆是形容下文耳

臣工王釐爾成來咨來茹　先儒說此二句太支離愈致窒礙惟劉須溪未有所言一句得之

玄鳥　三頌多宗廟樂歌與風雅不同故其分節以音韻而不以義理如天命玄鳥至正域彼四方以商茫湯方韻為一節若義理則在方命厥后奄有九有處斷分屬商之先后一段者以音韻之協也商之先后受命不殆正應上文天命帝命今讀詩者多不解此

移文中字有日用而不知所自及因襲誤用而未能正者姑舉一二如查字音義與槎同水中浮木也今云查理查勘有稽考之義弔本傷也愍也今云弔卷弔閱有索取之義票與慓同本訓急疾今以為票帖綽本訓寬緩今以為巡綽盔本盂也今以名鉄胄鐲本鉦也今以名釧鐲又如閙朝閙班課程其義皆未曉其亦始於方言與價直為價值足彀為足勾斡運為空運此類尤多甚者施之章奏刻之牓文此則承譌踵謬而未能正者也

佛本音弼詩云佛時仔肩又音拂禮記云獻鳥者佛其首註云佛不順也謂以翼戾之禪本音擅孟子云唐虞禪是已自胡書入中國佛始作符勿切禪始音蟬

今人反以輔佛之佛禪受之禪為借用圈科非知書
學者
僧慧暕涉獵儒書而有戒行永樂中嘗預修大典歸老
太倉興福寺予弱冠猶及見之時年八十餘矣嘗語
坐客云此等秀才皆是討債者客問其故曰洪武間
秀才做官喫多少辛苦受多少驚怕與　朝廷出多
少心力到頭來小有過犯輕則充軍重則刑戮善終
者十二三耳其時士大夫無負國家國家負天下士
大夫多矣這便是還債的近來　聖恩寬大法網疎
闊秀才做官飲食衣服輿馬宮室子女妻妾多少好
受用幹得幾許好事來到頭全無一些罪過今日國
家無負士大夫天下士大夫負國家多矣這便是討

債者還債討債之說固是佛家緒餘然謂今日士大夫有負　朝廷則確論也省之不能無愧

回回教門異於中國者不供佛不祭神不拜屍所尊敬者惟一天字天之外最敬孔聖人故其言云僧言佛子在西空道說蓬萊住海東惟有孔門真實事眼前無日不春風見中國人修齋設醮笑之初生小兒先以熟羊脂納其口中使不能吐嚥待消盡而後乳之則其子有力且無病其俗善保養者無他法惟護外腎使不著寒見南人著夏布袴者甚以為非恐涼傷外腎也云夜卧當以手握之令暖謂此乃生人性命之本根不可不保護此說最有理

太倉未有學校之前海寧寺僧善定能講四書里之子

弟多從之游嘗與人曰為人不可壞了大題目如為子須孝為臣須忠之類是也淮雲寺僧惟寅亦能講解儒書嘗語人曰凡人學藝須學有跡者無跡者不能傳後如琴奕皆為無跡書畫詩文有跡可傳也此亦有見之言其徒嘗誦之有詰之者曰為人而去其天倫謂之不壞大題目可乎為學出日用彝倫之外而歸於寂滅謂之有跡可乎其徒不能答

古諸器物異名贔屭其形似龜性好負重故用載石碑螭吻其形似獸性好望故立屋角上徒牢其形似龍而小性吼叫有神力故懸於鐘上憲章其形似獸有威性好囚故立於獄門上饕餮性好水故立橋頭蟋蜴形似獸鬼頭性好腥故用於刀柄上蠻蛭其形似

龍性好風雨故用於殿脊上螭虎其形似龍性好文彩故立於碑文上金貌其形似獅性好火烟故立於香爐蓋上椒圖其形似螺螄性好閉口故立於門上今呼鼓丁非也蚣蝮其形似龍而小性好立險故立於護朽上鰲魚其形似龍好吞火故立於屋脊上獸吻其形似獅子性好食陰邪故立門環上金吾其形似美人首魚尾有兩翼其性通靈不睡故用巡警出山海經博物志右嘗過倪村民家見其雜録中有此因録之以備參考如詞曲有門迎四馬車戶列八椒圖之句八椒圖人皆不能曉今觀椒圖之名義亦有出也然考山海經博物志皆無之山海經原缺第十四十五卷闕博物志自有全本與今書坊本不同豈

記此者嘗得見其全書與

關雲長封漢壽亭侯漢壽本亭名今人以漢為國號止稱壽亭侯誤矣漢法十里一亭十亭一鄉萬戶以上或不滿萬戶為縣凡封侯視功大小初亭侯次鄉縣郡侯雲長漢壽亭侯葢初封也今印譜有壽亭侯印葢亦不知此而偽為之耳

談星命者以十二宮值十一曜立說論人行年休咎十一曜宋潛溪嘗辯之而十二宮亦有可以破愚昧者三代之時人授五畝之宅百畝之田非若後世富連阡陌貧無立錐其時田宅未聞餘欠也男則稼穡女則桑麻以衣以食用器不足以其所有易其所無務本者不至乎貧逐末者不至乎富其時財帛葢無不

足者子事其父弟事其兄少事其長奴僕惟官府有之民庶之家非敢畜也天子諸侯公卿大夫士庶人后夫人妃嬪妻妾各有定制男子二十而冠三十而有室女子十五而笄二十而嫁各有其節婚姻之早晚妻妾之多寡無容異也鄉田同井死徙無出鄉其時遷移之議何自而興四十始仕五十命為大夫七十致仕出身遲速官職崇卑之説何自而起蓋後世上無道揆下無法守於是小道邪説以作雖有聰明才智之士不能不為之惑何則教化不足以深入人心故人自信不篤而徇物易移也

京畿民家羨慕内官富貴私自奄割幼男以求收用亦有無籍子弟已婚而自奄者禮部每為奏請大率

御批之出皆免死編配口外衛所名淨軍遇赦則所司按故事奏送南苑種菜遇缺選入應役亦有聰敏解事躋至顯要者然此輩惟軍前奄入内府者得選送書堂讀書後多得在近侍人品頗重自淨者其同類亦薄之識者以為 朝廷法禁太寬故其傷殘肢體習以成風如此欲潛消此風莫若於遇赦之日不必發遣種菜悉奏髡為僧私蓄髮者終身禁錮之則此風自息矣

吳中民家計一歲食米若干石至冬月舂白以蓄之名冬舂米嘗疑開春農務將興不暇為此及冬預為之聞之老農云不特為此春氣動則米芽浮起米粒亦不堅此時舂者多碎而為粞折耗頗多冬月米堅折

耗少故及冬春之

韓文公送浮屠文暢師序理到之言也髡緇氏乃以不識浮屠字議譏之此可見文公高處葢是平生不看佛書然耳若稱沙門比丘之類則隨其稟白中矣後人註身毒國云即今浮屠胡是也又如世俗信浮屠誑誘伊川先生治喪不用浮屠之類皆襲之而作古者韓公也

禮不下庶人非謂庶人不當行勢有所不可也且如娶婦三月然後廟見及見舅姑此禮必是諸侯大夫家才可行若民庶之家大率為養而娶況室廬不廣家人父子朝暮近在目前安能待三月哉又如內外不共井不共湢浴不共湢浴猶為可行若鑿井一事在

北方最為不易今山東北畿大家亦不能家自鑿井民家甚至令婦女沿河擔水山西少河渠有力之家以小車載井綆出数里汲井無力者以罌積雨雪水為食耳亦何常得贏餘水以浴此類推之意者古人大抵言其禮當如此未必一一能行之也

京師有李實名牛心紅核必中斷云是王戎鑽核遺跡湖湘閒有湘妃竹斑痕點點云是舜妃灑淚致然吳中有白牡丹每瓣有紅色一點云是楊妃粧時指捻痕有舜哥麥其穟無芒熟時遥望之焦黑若火燎然云是舜後母炒熟麥令其播種天佑之而生故名有王莽竹每竿著土一節必有剖裂痕云是莽將篡位藏銅人於竹中以應符讖而然凡此固皆附會之説

然其種異常亦造化之妙莫能測也

杜子飲中八僊歌云李白一斗詩百篇長安市上酒家眠天子呼來不上船説者以船為襟紐竊意明皇或在船召白白醉而不能上耳不必鑿説也唐人韋處士郊居詩云門外晚晴秋色老萬條寒玉一谿烟萬條寒玉謂竹也近時作草書者皆書作蕭條寒玉誤也張繼楓橋夜泊詩二句云江村漁父對愁眠然不若舊本江楓漁火為佳此皆刻本之悞也原本江楓漁火為佳之下日但不知繼自改定〻於他人爾

崑山呂寅叔家貧授徒為養平居無故不出門戶每歲春秋祀先師必半夜預詣學隨班行禮〻畢輙去不令縣官知予在崑學數年見其始終如此雖陰雨不

奭也可謂篤厚君子矣

陶浩字巨源太倉名醫讀書有識景泰間崑學教諭嚴先生敏妻病予時為學生遣迎巨源治之嚴杭人適其鄉人尚書于公加少保官其子為千戶嚴極口譽之巨源從容曰雖曰不要君吾不信也嚴為默然巨源之識可想矣

常朝官懸帶牙牌專主關防出入與古所佩魚袋之制不同觀其正面刻各衙門官名背面刻出京不用字及禁令可知天順三年浙江鄉試策問及之而終無決斷蓋見之不明也凡在內府出入者貴賤皆懸牌以別嫌疑如內使火者烏木牌校尉力士勇士小廝銅牌匠人木牌內官及諸司常朝官牙牌若以為榮

美之飾則　朝廷待兩京為一體何在京伶官之卑亦有之而南京諸司尊官不以此榮美之邪況古者金魚之佩未必出京不用也

沈質文卿居太倉家甚貧以授徒為生一夕寒不成寐穿窬者穿其壁文卿知之口占云風寒月黑夜迢迢辜負勞心此一遭只有破書三四束也堪將去教兒曹穿壁者一笑而去視世上如今半似君之句頗為優柔矣

張倬山陰人景泰初為崑山學訓年未三十以聰敏聞典史姜某體肥嘗戲張云二十三歲小先生倬應云四五百斤肥典史有與僧會者嘗對客云儒教雖正不如佛學之博如僧人多能讀儒書儒人不能通釋

典是也　本朝能通釋典者宋景濂一人而已倬云譬如飲食人可食者狗亦能食之狗可食者人決不食之矣此雖一時戲言亦自可取

東西長安門通五府各部處總門京師市井人謂之孔聖門其有識者則曰拱辰門然亦非也本名公生門予官南京時於一鋪額見之近語兵部同寮以為無意義多譁之問之工部官以予為然衆乃服

吏人稱外郎者古有中郎外郎皆臺省官故僭擬以尊之醫人稱郎中鑷工稱待詔磨工稱博士師巫稱太保茶酒稱院使皆然此胡元名分不明之舊習也國初有禁

鎖鑰云者以其形如籥耳今鎖有圓身者古制也方身

鎖近世所爲唐人云銀鑰卻收金鎖合誤以開鎖具爲鑰開鎖具自名鑰匙亦云鎖匙

菽園雜記卷二

菽園雜記卷三

吳郡陸容文量著

本朝六卿之設雖祖周官而六部之名實沿唐制但唐之六部為尚書省之屬曹　本朝六部為六尚書之公署唐以為省名今以為官名為不同耳唐尚書省之制都堂在中尚書令左右僕射左右丞各一人居之吏戶禮三部在東兵刑工三部在西每部尚書左右侍郎各一人各統四司六部之外又有左右二司每司各有郎中員外郎分理庶務署覆文案則有主事今之六部特尚書一省之官戶刑二部屬司比唐制加多耳又如唐中書省有令有侍郎中書舍人通事舍人官屬頗多今革中書省止存中書舍人而已

唐門下省有給事中等官今革門下省改通政司止存其屬給事中分六科而已唐御史臺有御史大夫御史中丞其屬有三院臺院侍御史隸焉殿院殿中侍御史隸焉察院監察御史隸焉今改御史臺爲都察院革侍御史殿中御史止存監察御史分道理事特唐三院之一耳唐有學士院翰林院集賢院弘文館今皆革去止存翰林院其餘諸司減省於唐不能悉數好議者輒謂　本朝官制冗濫其亦未之考邪

國初欲建都鳳陽其城池九門正南曰洪武南之左曰南左甲第右曰前右甲第北之東曰北左甲第西曰後右甲第正東曰獨山東之左曰長春右曰朝陽正西曰塗山後定鼎金陵乃設中都留守司於此金陵

本六朝所都　本朝拓其舊址而大之東盡鍾山之麓城池周廻九十六里立門十三南曰正陽南之西曰通濟又西曰聚寶西南曰三山曰石城北曰太平北之西曰神策曰金川曰鍾阜東曰朝陽西曰清涼西之北曰定淮曰儀鳳後塞鍾阜儀鳳二門其外城則因山控江周廻一百八十里別為十六門曰麒麟曰仙鶴曰姚坊曰高橋曰滄波曰雙橋曰夾岡曰上方曰鳳臺曰大馴象曰大安德曰小安德曰江東曰佛寧曰上元曰觀音永樂十七年改北平為北京十九年營建宮殿尋拓其故城規制周廻四十里凡九門正南曰正陽南之左曰崇文右曰宣武北之東曰安定西曰德勝東之南曰朝陽北曰東直西之南曰

皁成北曰西直然其時尚稱行在正統七年諸司題署始去行在字舊都諸司印文皆增南京字而兩京之制於是定矣

崑山本古婁縣梁大同初改今名其山在今松江府華亭縣界晉陸氏兄弟機雲生其下皆有文學時人比之崑山片玉故名唐吳郡太守趙居貞奏割崑山嘉興海鹽三縣地立華亭縣山始分屬焉今爲松江九峯之一崑山縣治北之山自名馬鞍縣志引劉澄之楊州記甚明或有稱玉峯者蓋擬之耳然崑山之神載在祀典其祠舊在馬鞍山東偏又似以馬鞍爲崑山者

皇陵初建時量度界限將築周垣所司奏民家墳墓在

旁者當外徙　高皇云此墳墓皆吾家舊鄰里不必外徙至今墳在陵域者春秋祭掃聽民出入無禁此言聞之鳳陽尹杜長云於此可見　帝皇氣象包含徧覆自異於尋常萬萬也

南京通政司門下有一紅牌書曰奏事使云洪武間凡有欲奏事不得至　御前者取此牌執之可以直入内府各門守衛等官不敢阻當國初通達下情如此成化初年南京通政司官遇告狀有所知名則不受甚者撻而逐之　祖宗之法蓋蕩然矣

南京各部皁隸俱戴漆巾惟禮部無之諸司前門俱有牌額惟兵部無之云洪武中邏卒常陰伺諸司得失禮部皁隸嘗晝寢兵部夜無巡警皆被邏者取去故

至今猶然吏部後有敬亭者　仁廟為皇太子監國時吏部選官謂之敬選故云

永樂七年太監鄭和王景弘侯顯等統率官兵二萬七千有奇駕寶船四十八艘齎奉　詔旨賞賜歷東南諸蕃以通西洋是歲九月由太倉劉家港開船出海所歷諸蕃地面曰占城國曰靈山曰崑崙山曰賓童龍國曰真臘國曰暹羅國曰假馬里丁曰交闌山曰爪哇國曰舊港曰重迦邏曰吉里地悶曰滿剌加國曰麻逸凍曰彭坑曰東西竺曰龍牙加邈曰九州山曰阿魯曰淡洋曰蘇門荅剌曰花面王曰龍嶼曰翠嵐嶼曰錫蘭山曰溜山洋曰大葛蘭曰阿枝國曰榜葛剌曰卜剌哇曰竹步曰木骨都東曰阿丹曰剌撒

曰佐法兒國曰忽魯謨斯曰天方曰琉球曰三島國曰浡泥國曰蘇祿國至永樂二十二年八月十五日詔書停止諸番風俗土產詳見太倉費信所上星槎勝覽

羅修撰倫上疏論閣老南陽李公奪情事謫泉州市舶提舉章編修懋黃編修仲昭莊檢討昶皆上疏論元夕觀燈事章謫知臨武黃謫知湘潭莊謫桂陽州判官李公歿後淳安商公復入閣言於 上皆得復其官於是羅為南京翰林修撰章黃皆為南京大理評事莊為南京行人司副適廬陵陳公文亦卒士人有為詩悼之者末二句云九原若見南陽李為道羅生已復官蓋章黃莊三人之謫實出 上意而羅之謫

李公不能無意故云先是大臣遭父母喪奪情起復者比比皆是至是始著為令皆終喪三年奪情起復者亦間有之實出　朝廷勉留非復前時之濫是則羅生一疏之力也

宣德間大理寺卿胡槩巡撫南直隸用法嚴峻凡豪右之家素為民害者悉被籍其產徙置遠方雖若過甚而小民怨氣一時得伸周文襄繼之一意寬厚富家大戶頗被恲懞有告訐者亦不輕理一訐者面斥公曰大人如何不學胡卿使我下情不能上達公從容語之曰胡卿勑書令其祛除民害我　勑書只令撫安軍民　朝廷委託不同溫顏遣之人服其量

嘗有人臨刑以三覆奏得免或問當此時自覺心神何

如云已昏然無所知但記身坐屋脊上下見一人面縛我妻子親識皆在其旁少頃報至才得下屋蓋上屋者其魂所見面縛者其身也觀此則世俗落魂之説信有之矣

文皇兵至濟南城未下以箭書射城中促降時國子監生濟陽高賢寧適在城中乃作周公輔成王論射城外乞罷兵未幾城下賢寧被執云此即作論秀才 文皇曰好人也欲官之固辭其友紀綱勸令就職賢寧曰君是學校棄才我已食廩有年不可也綱言於 上全其志而遣之年九十七而終蓋綱前時被黜生故云弃才於是見賢寧守身之節 文皇待士之度兩得之矣

吳下每有鄉村小夫語言應對全不務實問其里居如

安亭則曰安溪茜涇則曰茜溪石浦則曰石川芝塘
則曰芝川𣊬塘則曰𣊬溪塗松則曰松溪但取新美
不知失其義理葢亭乃漢制鄉都之名如華亭夷亭
望亭皆古名塘浦乃吳中水道之名川與溪則水出
兩山之間大而駛者如蜀之東西川越之剡溪婺之
蘭溪湖之苕霅等溪是矣蘇松之地平疇千里塘浦
浜港經緯其間通潮處其水以時長落無潮處其水
平漫如常與彼異矣必欲以川溪名之亦未為不可
但亭與塘浦其名傳自古昔初非朝歌勝母之可憎
栢人彭亡之可忌不知何辱於此輩而必欲更之邪

江西民俗勤儉每事各有節制之法然亦各有一名如
喫飯先一盌不許喫菜第二盌纔以菜助之名曰齋

打底饌品好買猪雜臟名曰狗静坐以其無骨可遺也勸酒菓品以木雕刻彩色飾之中惟時菓一品可食名曰子孫菓盒獻神牲品賃於食店獻畢還之名曰人没分節儉至此可謂極矣學生讀書人各獨坐一木榻不許設長凳恐其睡也名曰没得睡此法可取

壹貳參肆伍陸柒捌玖拾阡伯等字相傳始於國初刑部尚書開濟然宋邊實崑山志已有之蓋錢穀之數用本字則姦人得以盜改故易此以關防之耳

正統間南直隸提督學校御史廬陵孫先生鼎篤信力行之士言行政事足以表儀士類每閲諸生試卷雖盛暑若燈下必衣冠焚香朗誦而去取之侍者勸便

服先生曰士子一生功名富貴發軔於此〻時豈無神明在上各家祖宗之靈森列左右亦未可知小子豈敢不敬故事士子中小試赴舉者揷花掛紅鼓樂道送時　睿皇北狩之報方至先生語諸生云天子蒙塵在外正臣子泣血嘗膽之時吾不敢陷諸生於非禮花紅鼓樂今皆不用乃親送至察院前門而還至今人能道之

凡小說記載多朝貴及名公之事大抵好事者得之傳聞未必皆實如以舊女壻為新女壻大姨夫作小姨夫之句為歐公者後世娶妻妹輒據以為口實嘗考公年譜公初娶胥氏翰林學士偃之女繼娶楊氏集賢院學士諫議大夫大雅之女三娶薛氏資政殿學

士戶部侍郎奎之女行狀墓誌皆同是知此說好事者為之也此猶未為害事若某詩話記司馬溫公私狎營妓王荊公以詩戲之其為汙染名德甚矣蓋溫公固不為此荊公端人追之戲之恐亦非其所屑為也闢而不信為宜

姪

姪本妻兄弟之女古者諸侯之女嫁與諸侯以娣姪從左傳云姪其從姑是已今人稱兄弟之子為姪不知誤自何時唐狄仁傑諫武后云姑姪與母子孰親始見於此然猶稱武姓之子為姪對姑而言之耳此字隨俗稱呼則可若施之文章不若稱從子族子之類之為愈也

歐陽公言餕餡之譌最為可笑今俗吏於移文中如價

直之直作值槍刀之槍作鎗案卓作案棹交倚作交椅此類甚多使歐公見之當更絕倒也

唐制尚書省其屬有六尚書郎令六部是已故唐人結銜云尚書某部某官其稱尚書者省名也　本朝六尚書乃六部官名六部之屬曰某清吏司各有郎中主之員外郎主事為佐今人書銜往往蹈襲古式稱尚書某部某官者不講時制而專尚虛夸故也大抵古人結銜多實今人多夸如唐宋人於本銜之外書賜紫金魚袋或實食若干戶之類蓋其常得服用者近時京官使外國攝盛而行者則終身書賜一品服嘗與修一統志者則書國志總裁前任南京國子監祭酒後任在京祭酒者則曰兩京國子祭酒有嘗為

美官而外補左遷革職者猶書前某官蓋眷戀未能舍也此雖細事亦足以觀人品矣

自三代而下縉紳介胄判為二途者久矣然綜理綱維其事武士未之能專也故歷代握兵者必皆文武兼資之才近代若宋之安撫司元之行省皆總州郡兵民之政國朝建置之初一切右武如五軍都督官高六部尚書一階在外都司衛所比布政司府州官亦然然什伍之兵官軍之食修固城隍繕完兵器之財皆自府州縣而出豈可判而為二哉故國初委任權力重在武臣事無不濟承平日久無用武事則其勢自有不可行者矣今天下兵政不立兵威不振正坐此也使當時謀國者為善後之計每都司衛所正官

俱設文職一員佐貳仍用武職除民事不預凡軍中事宜與布政使司及府州官會同行事庶乎其可也然律令有變亂成法之戒誰得而議之

當塗民邵某業合章事母孝母病瞽日傭歸必買市食以奉母一日邵出其妻得蠐螬蟲數枚炙以奉姑紿云所親佳餽也姑食而美乃留二三啖其子子見之失聲痛哭母被驚雙目忽開明如平時邵欲逐其妻母曰非婦毒我我目當再明天使婦以此醫我也邵乃留之終身

洪武中京民史某與一友為火計史妻有美姿友心圖之嘗同商於外史溺水死其妻無子女寡居持服既終其友求為配許之居數年與生二子一日雨驟至

積潦滿庭一蝦蟇避水上階其子戲以杖抵之落水
後夫語妻云史某死時亦猶是耳妻問故乃知後夫
圖之也翌日俟其出即殺其二子走訴於朝　高皇
賞其烈乃置後夫於法而旌異之好事者為作蝦蟇
傳以揚其善今不傳

國初江岸善崩土人謂有水獸曰豬婆龍者搜抉其下
而然適　朝廷訪求其故人以豬與國姓同音諱之
乃嫁禍於黿上以黿與元同音益惡之於是下令捕
黿大江中黿無大小索捕殆盡老黿逃捕者不上灘
淺則以炙豬為餌釣之衆力掣不能起有老漁云此
蓋四足爬土石為力耳當以甕穿底貫釣繩而下甕
罩其頭必用前二足推拒從而併力掣之則足浮而

起矣如其言果然豬婆龍云四足而長尾有鱗甲疑即鼉也未知是否聞鼉之大者能食人是亦可惡然搜抉江岸非其罪也夫以高皇之聰明神智人言一遷就禍及無辜如此則朋黨獄興之時人之死於遷就者可勝言哉

正統初南畿提學彭御史朂嘗以永樂間纂修五經四書大全討論欠精諸儒之說有與集註背馳者嘗刪正自爲一書欲繕寫以獻或以大全序出自御製而止以今觀之誠有如彭公之見者益訂正經籍所以明道不當以是自沮也

洪武中京城一校尉之妻有美姿日倚門自衒有少年眷之因與目成日暮少年入其家匿之牀下五夜促

其夫入直行不二三步復還以衣覆其妻擁塞得所而去少年聞之既與狎且問云汝夫愛汝若是乎婦言其夫平昔相愛之詳明發別去復以莫期及期少年挾利刃以入一接後絕婦吭而去家人莫知其故報其夫歸乃摭拾素有讐者一二人訟於官一人不勝鍛鍊輒自誣服少年不忍其冤自首伏罪云吾見其夫篤愛若是而此婦忍負之是以殺之法司具狀上請　上云能殺不義此義人也遂赦之

高皇嘗微行至三山街見老嫗門有坐榻假坐移時問嫗為何許人嫗以蘇人對又問張士誠在蘇何如嫗云大明皇帝起手時張王自知非真命天子全城歸附蘇人不受兵戈之苦至今感德問其姓氏而去翌

旦語朝臣云張士誠於蘇人初無深仁厚德昨見蘇
州一老婦深感其恩何京師千萬人無此一婦也洪
武二十四年後填實京師多起取蘇松人者以此
後生新進議論政事最宜慎重蓋經籍中所得者義理
耳祖宗舊章朝廷新例使或見之未真知之未悉萬
一所言乖謬非但詒笑於人而已嘗記初登第後聞
數同年談論都御史李公侃禁約娼婦事或問何以
使之改業不犯同年李釗云必黥刺其面使無可欲
則自不為此矣衆皆稱善予亦竊識之久矣近得
皇明祖訓觀之首章有云子孫做皇帝時止守律與
大誥並不用黥刺剕劓閹割之刑臣下敢有奏用此
刑者文武群臣即時劾奏將犯人凌遲全家處死為

之毛骨竦然此議事以制聖人不能不為學古入官者告而 本朝法制諸書不可不徧觀而博識也

高皇一日遣小内使至翰林看何人在院時危素太朴當直對内使云老臣危素内使復命 上默然翌日傳旨令素余闕廟燒香蓋余危皆元臣余為元死節蓋厭其自稱老臣故以愧之

南京國子監日有鴟鴞鳴於林間祭酒周先生洪謨惡之令監生能捕逐者放假三日一時斥弛之士多得放假人目為鴟鴞公以譏之其後劉先生俊為祭酒好食蚯蚓監生名之曰蚯蚓子以為鴟鴞之對

予嘗題墨竹以竹為草或云草以歲為枯榮竹耐久不彫草何足以當之予時亦無定見後見山海經叙山

之草木每以竹為草屬始自喜有攟又見晉人論草木之有竹猶鳥獸之有魚自是天地間一種此説亦奇

洪武中大臣為三公者皆開國功臣三孤亦無備員如劉伯温汪廣洋寧封伯爵而不以公孤加之其慎重可知矣永樂中惟姚廣孝為少師洪熈宣德以至正統間大臣為三孤者亦不過蹇忠定公義夏忠靖公原吉黄忠宣公福黄文簡公淮數人及内閣三楊公而已至景泰中有以少傳兼太子少師以少保兼太子太傅以太子太保兼尚書都御史以太子少師少傅少保兼侍郎副都御史大理卿通政使又有尚書侍郎兼詹事府詹事等官公孤師少在朝不下二三

十員尚書每部二員侍郎每部三四員都御史員數又有甚焉名爵之濫未有甚於此時者矣故當時謠曰滿朝陞保傅一部兩尚書侍郎都御史多似柳穿魚

景泰間南京夾岡門外一家娶婦及門肅婦入空轎也壻家疑為所賺訴於法司拘舁夫及從者鞫之衆證云婦已登轎矣法司不能決乃令徧求之得之荒塚中問之婦云中途歇轎二人掖吾入門時吾已昏然且有物蔽面不知其詳至天明始驚在林墓中耳

江西南豐縣一寺中佛閣有鬼出沒人不敢登徐生者素不檢朋輩使夜登焉且與約曰先置一物於閣翌旦持以為信則衆設酒飲之否則有罰及暮生飲至

醉而登不持兵刃惟拾瓦礫自衛而已一更後果有數鬼入自其牖方上梁坐生大呼投瓦礫擊之鬼出牖去生觀其所往則皆入墻下水穴中私識之而卧翌旦日高未起衆疑其死矣乃從容持信物而下衆醵飲之明日率家僮掘其處得白金一窖六十餘斤佛閣自是無鬼

寮友孫司務譓徐州蕭縣人嘗言正統間其里人王某女出嫁中途下車自便忽大風揚塵吹女上空須臾不見里人訛言鬼神攝去父母親族號哭不已是日落五十里外人家桑樹上問知為某村某家女被風括去叩其空中何見云但聞耳邊風聲霍霍他無所見身愈上風愈寒體顫不可忍其家蓋舊識也翌日

送歸乃復成婚

予之齒者去其角傳之翼者兩其足或云有齒無角若犬豕似矣牛羊有角未嘗無齒也角當作角謂鳥咮譌為角耳葢以為獸予之角則無鳥之咮鳥傳之翼則無獸之四足翼足互言鳥獸齒角不當專以獸言此說有理但考之韻書角無釋鳥咮義不知何所據也

成化壬辰歲陝西隴州雨雹大者如牛馬頭次者如盌小者如鵞卵人與牛羊馬驢被打死甚多禾苗盡壞

華亭民有母再醮後生一子母歿之日二子爭欲葬之質之官知縣某判其狀云生前再醮終無戀子之心死後歸墳難見先夫之面宜令後子收葬松庭叔父

傳道其事云

蕻園雜記卷三

菽園雜記卷四

吴郡陸容文量著

景泰皇帝即位於正統十四年九月六日　今上時已在儲位矣明年為景泰元年　上皇還自北庭居南宮又明年册己子為皇太子更封　今上為沂王未幾　太子薨災異迭見今南京吏侍章公綸時為儀制郎中應詔陳言修德弭災十四事内敦孝義一事尤為剴切大意謂　太上皇帝君臨天下十有四年陛下向嘗親受册封為臣子是天下之父也至以天位授陛下陛下尊為太上皇是天下之至尊也每月朔望及歲時節旦宜率群臣朝見於延安門以極尊崇之道至於儲位不可久虛宜推同氣猶子之義詔沂王

復正儲位則和氣充物懽聲洋溢天心自回災異自弭疏入　上大怒逮繫詔獄搒掠五日體無完膚欲置之死天忽大風雨沙獄遂少緩得不死初御史鍾同嘗諷禮部言此事因併逮之明年南京大理少卿廖公莊亦繼公有言詔廷箠八十幾死且并箠公暨同同死獄中天順元年詔首釋公擢為禮部右侍郎尋改南京禮部轉今官

古人以病不服藥為中治蓋謂服藥而誤其死甚速不藥其死猶緩萬一得明者治之勢或可為耳以吾所聞見者驗之中治之説有以也崑山周知縣景星家一婦病腹中塊痛有産科專門者診之為氣積投以流氣破積之劑又令人以湯餅軸戛之不効聞有巫

降神頗靈往問之云此胎氣也勿用藥信之後果生一男南京戶部主事韓文亮妻病腹中作痛按之若有物在臍左右者適淛中一名醫至京請診視之云是癥瘕服三稜蓬求之劑旬餘覺愈長亦以其不效乃止後數月生二男此皆有命而然可不慎哉

白恭敏公圭凝重簡默喜怒不形為兵部尚書日奏疏悉令屬曹正官具草稍加筆削人往往以簡當服之公退即閉閤坐卧請謁者至左右拒之多不得入見而去故當時有酣睡不事事之謗一中官請託不入令邏卒陰伺其短以脅之公密召四司官令戒飭群吏而已竟不從公嘗再與征討累有軍功未嘗令家人冒功得官職此尤過人者公歿後刑部尚書項公

忠代之視篆日語四司云吾不如白大人有福爾各司凡事慎之未幾項公以事去位有福者蓋輕之之辭然亦若所謂讖云

諸葛景江浦人嘗舒紙賦詩出思齋外及得句而入已有詩書紙上矣景恠之不以告人他日屢試之皆然益恠之因稱為大僊日焚香禮之凡有詩文必求代筆焉嘗求一見書紙云不許及求之愈切乃期與莫會景自懼拉一友同候之至夜闌户外彈指聲開門出迎乃一無頭人景遂驚仆自是求代筆不應矣杭州李知府端之壻夜起如厠不返家人覓之門闥扃閉如故而莫知所之李驚異乃升堂鳴鼓聚群吏徧索之不可得次日莫忽墜於内署問其去來之故皆

不能知視其衣服沾污有黄緑痕若草尌摩戞者然
莫知何謂二事聞之同年蔣御史宗誼諸葛葢宗誼
之父執李則其為推官時舊長官也故言之皆詳

唐
章氏二女採桑母為虎攫二女號呼搏虎虎遂弃去
母得免南唐當塗聶氏隨母採薪母為虎攫去持刀
跳虎背抱虎項刺殺之収母屍歸宋嘉祐中南昌分
寧女彭氏隨父入山伐薪父遇虎女抽刀斫虎父得
不死事聞詔賜粟帛宋鄞縣女童氏虎銜其大母女
手曳虎尾祈以身代虎棄其母銜女以去事聞祠祀
之永嘉盧氏女與母同行虎將噬母女以身當之虎
得女母乃免宋理宗朝封其廟曰孝姑元餘杭姚氏
母汲澗遇虎姚手毆虎脇鄰人執械器以從虎置之

而去元建寧官氏其夫耨田為虎所攫官棄饁奮挺
連擊虎舍去負至中途而死事聞旌復其家元濱州
人劉平妻胡氏同夫戍棗陽莫宿道傍夫被虎噬胡
以刃刺死夫脫至中途而死元至大間建德王氏父
耘田舍旁為豹所攫曳之升山父大呼王以父所棄
鋤連擊豹斵殺之父乃得生客有以劉平妻殺虎圖
求題以類考之得此數人
朝廷禮制頒曆其一也頒者自上布下之謂欽天監所
進者既頒於內廷則京尹及直隸各府頒於司曆者
當各頒於所部之民各布政司所自印者亦當如是
今每歲頒曆後各布政司送曆於內閣若諸司大臣
者旁午於道每一百本為一塊有一家送五塊者十

塊者廿塊者各視其官之崇卑地之散要以為多寡諸司大臣又各以其所得餽送内官之在要津者京師民家多無曆可觀豈但山中無曆寒盡知年而已哉此風不知始於何年今殆不可革矣

南京洪武門朝陽門通濟門旱西門皆不許出喪北京正陽門無敢出喪者餘皆不禁大明門前雖空棺亦不許過各門空棺亦不許舁入嘗有不知此禁者文臣家住闕西買棺闕東已而不得過乃從北上門過繞宮墻而至其家亦有帶壽櫬上京知有禁寄門外而止古人入國問禁良有以也外京城則無禁以為禁者軍衛索賂之術也如仕遼東故者返柩必由山海城入仕陝西故者返柩必由潼關城入仕口外故

者必由居庸等關入此外無他途矣
府軍前衛幼軍年六十驗有老疾者兵部引至 御前
奏過踈放京營隨操軍職避事逃者管隊官具奏通
政司引奏緝捉軍民身軀長大自願投充將軍者通
政司亦引奏予登進士時猶見之及為職方主事踈
放幼軍緝捉逃官奏本皆封進收充將軍告通狀送
部施行而已蓋尚書白公以為幼軍踈放多疲癃殘
疾之人職官不當在逃恐四夷來朝者在廷聽睹不
美故奏止之收將軍細事不當煩瀆 聖聽故禁之
古人謂為官生一事不如省一事公於是不但省事
且得處事之義矣
予登進士觀政工部父執徐翁孟章謂予曰仕路乃毒

虵聚會之地君平昔心腸條直全不使乖今卻不宜如此生中非但不可談論人長短得失雖論文談詩亦須慎之不然恐謗議交作矣予初不以為然後為職方主事考滿同年與予有隙者適在河南道遂以考語中之吏部詢之輿論而寢且一歲得連遷予於是始信徐翁之言為不妄而又喜人自有命非作惡者所能害也

洪武中内官僅能識字不知義理永樂中始令吏部聽選教官入内教書正統初太監王振於内府開設書堂選翰林檢討正字等官入教於是内官多聰慧知文義者然其時職專辦内府衙門事出差者尚少宣德間差出頗多然事完即回今則干與外政如邊方

鎮守京營掌兵經理內外倉場提督營造珠池銀礦市舶織染等事無處無之嘗在通州遇張太監交阯人云永樂年間差內官到五府六部稟事內官俱離府部官一丈作揖路遇公侯駙馬伯下馬旁立今則呼喚府部官如呼所屬公侯駙馬伯路遇內官反廻避之且稱呼以翁父矣

書之同文有天下者力能同之文之同音雖聖人在天子之位勢亦有所不能也今天下音韻之謬者除閩粵不足較已如吳語黃王不辨北人每笑之殊不知北人音韻不正者尤多如京師人以步爲布以謝爲卸以鄭爲正以道爲到皆謬也河南人以河南爲喝難以妻弟爲七帝北直隸山東人以屋爲烏以陸爲

路以閣為杲無入聲韻入聲内以緝為妻以葉為夜以甲為賈無合口字山西人以同為屯以聰為村無東字韻江西湖廣四川人以情為秦以性為信無清字韻歙睦婺三郡人以蘭為郎以心為星無寒侵二字韻又如去字山西人為庫山東人為趣陝西人為氣南京人為可去聲湖廣人為處此外如山西人以坐為剉以青為妻陝西人以鹽為年以咬為裹台温人以張敞為漿槍之類如此者不能悉舉非聰明特達常用心於韻書者不能自拔於流俗也

李文達公賢在内閣時太監曹吉祥嘗在左順門令人請說話文達語云　聖上宣召則來太監請不來也曹乃令二大者掖而至文達云太監誤矣此處乃天

子顧問之地其等乃謹候顧問之官太監傳　聖上
之命有事來說自合到此豈可令人來召耶曹云吾
適病足耳先生幸恕罪也聞李公歿後有事司禮監
只令散本内官來說太監不親至今日閣老請太監
議事亦不至矣内閣體勢之輕又非前比

胡僧有名法王若國師者　朝廷優禮供給甚盛言官
每及之蓋西番之俗一有叛亂讐殺一時未能遥制
彼以其法戒諭之則磨金餂劍頂經說誓守信惟謹
蓋以馭夷之機在此故供給雖云過侈然不煩兵甲
芻糧之費而陰屈群醜所得多矣新進多不知此而
朝廷又不欲明言其事故言輒不報此蓋　先朝制
馭遠夷之術耳非果神之也後世不悟或受其戒或

學其術或有中國人僞承其緒而冒襲其名號此末流之弊也成化初一國師病且死語人云吾示寂在某日某時至期不死弟子恥其不驗潛絞殺之凡法王國師死中國者例得營造墓塔時固安王公復為工部尚書奏言此僧平素受國賜賚積蓄頗多宜藉以營造墓塔不須動支官錢人以為得宜

成化初給事中張寧等欲上疏乞起曹州李公秉為兵部尚書河州王公竑掌都察院事恐左右或間之密以奏草示南陽李公且求調護公視其草哂之復正言曰薦人但當言其人可用若預擬某為某官於事體得無礙乎寧深服之乃退而易草以進翌日御批出王為兵部李掌院事後有問其故者文達云事在

朝廷不可知也意者 上以王公度忠邪太明白置之彼處恐或不靜而然耶人服其有識而慎

大同貓兒莊本北虜入貢正路成化初虜使有從他路入者 上曰守臣之奏許之時姚文敏公夔為禮書奏請筵宴賞賜一切殺禮虜使有後言姚令通事諭旨云故事迤北使臣進貢俱從正路入境 朝廷有大筵宴相待今爾從小路來疑非迤北頭目故只照他處使臣相待耳虜使不復有言人以為得馭夷之體

諸司職掌職方郎中員外主事之職掌天下地圖及城隍鎮戍烽堠之政其目有五一曰城隍二曰軍役三曰關津四曰烽堠五曰圖本餘皆未載以今職掌事

件記于左方
整點軍士　奏報聲息（此二事原隸司馬部即武選司今隸職方司）
出征動調官軍　京營軍馬　京城門禁
五城兵馬巡邏　月報軍馬京營　季報軍馬京衛
歲報軍馬（天下都司衛所）　推舉邊將　舉用將才
邊將失機　傳報夷情　來降夷人
虜中走回人口　將軍　勇士
民壯　弓兵　幼軍
土兵　嚮導　盜賊
鹽徒　漕運官軍　編發充軍
投充軍　軍伴　軍匠
內府幼匠　土官讐殺

本朝将軍之名不一如云子授鎮國将軍孫授輔國将軍曾孫授奉國将軍之類為親王子孫應授官職之名如云初授驃騎将軍陞授金吾将軍加授龍虎将軍之類為武臣給授散官之名如征南将軍鎮朔将軍平羌将軍之類為各邊掛印總兵官之名職方司職掌収充将軍與上項不同蓋選軍民中之長軀偉貌者以充朝儀耳今謂之大漢将軍優旃所稱陛楯郎疑即此也凡大朝會若虜使入貢　天子御正殿大漢将軍着飾金介冑持金瓜鐵鉞刀劔列丹陛上常朝着明鐵介冑列門楯間其次等者御道左右及文武官班後相向握刀布列凡郊祀臨籍田太學鑾輿出入扈從以行宿衛巡警之事則以侯伯都督係

國戚者統之其常朝宿衛各以番上謂之正直有大事無番上謂之貼直正直者金牌相傳懸掛貼直者尚寶司奏而給發事畢復納之

甲午北征歸自宣府過土墓嘗詢問已已車駕蒙塵事有老百戶云初大軍出關以此地有水草之利因以安營建牙初忽有梟集其上人心疑之且此山舊有泉一道流入渾河未嘗乾涸至此適涸乃議移營近渾河以就水虜遥見軍馬移動遂群譟而衝至未及交兵我師顛頓莫能為計相與枕籍於胡馬蹴踏之餘矣由是　車駕蒙塵太師英國公兵部鄺尚書等皆不知所存蓋北虜臨敵必待人動彼才動使我師堅壁不移其敗未必如此之速也先是大臣亦嘗七

奏勸　上班師皆不聽蓋王振主之也自是虜酋也
先乘勝入冦隳夷障塞驅掠人畜攻陷州縣剽至逼
近京師矣蓋宦者喜寧本夷種土墓之敗降虜為其
鄉導故以後猖獗特甚也于時賴少保于公内總機
宜外修兵政而武強侯楊洪武清侯石亨又皆戮力
捍禦故能保固京師奠安社稷也近見翰林文臣叙
此事謂嘗與虜戰而失利蓋知之未真耳

古人嗜味之偏如劉邕之瘡痂僻謬極矣予所聞亦有
非人情者數人國初名僧泐季潭喜糞中芝麻雜米
煑粥食之附馬都尉趙輝食女人陰津月水南京内
官秦力強喜食胎衣南京國子祭酒劉俊喜食蚯蚓
宣府大同之墟產黃鼠秋高時肥美土人以為珍饌守

臣歲以貢獻及餽送朝貴則下令軍中捕之價騰貴一鼠可直銀一錢頗為地方貽害凡捕鼠者必畜鬆尾鼠數隻名夜猴兒能嗅黃鼠穴知其有無有則入齧其鼻而出蓋物各有所制如蜀人養烏鬼以捕魚也

國初官馬養於各苑馬寺各監苑而已永樂中始以官茶易和林等處馬養之民間謂之茶馬正統十四年京師有警乃選取以備軍資養於順天府近京屬縣謂之寄養騎操馬及京師無事寄養之馬不復散去至今遂為故事每歲孳生陪補之法悉與各處茶馬無異養馬之家雖云量免粮差而陪補受累者多北方民力疲弊此其大端也成化丁酉予嘗差往畿內

及山東河南三處印馬咨訪馬政之弊力能行者嘗為處置一二其最害事者牝馬每歲通淫而不孕謂之飄沙新樂縣一家養此馬每三年陪二駒九年已陪六駒産已廢矣有司莫肯為理予為覈實呈於本部擬行各府縣如民間有此勘驗無詐以馬送驛走遞別給課馬責令領養孳生以紓民患適該司一無狀者掌事以予為掠美而寢之

凡空屋久閉者不宜輒入宜先以香物及蒼朮之類焚之俟鬱氣發散然後可入不然感之成病久閉窨井窨窖尤宜慎之御醫徐德美寓京日家人方春入花窖窖深久不起疑之又使一人入焉亦久不起然炬照之二人皆死其中蓋鬱毒中之也

相馬經相口齒止於三十二歲異相者壽五十四十然世罕有之京師李千戶者馬死哭之人恠問焉曰此馬與予同年生予今六十歲馬死予死無日矣非悲馬蓋自悲耳乃知物亦有禀賦特厚者固不可以常數拘也

昔公孫弘對策於漢武之朝有曰心和則氣和氣和則形和形和則聲和聲和則天地之和應矣故陰陽和甘露降五穀登六畜蕃嘉禾與朱草生山不童澤不涸此和之至也中庸曰致中和天地位焉萬物育焉觀今日上下之心和邪不和邪傷天地之和氣者誰歟使盲風恠雨發作者誰歟凶年饑歲老弱將轉乎溝壑矣思天下有溺由己溺之思天下有飢由己飢

之者又誰歟庖有肥肉廄有肥馬民有飢色野有餓莩當此之時爲民父母不以由己飢之由己溺之之心處之而泛泛然迎請超果寺觀音大士至普照有同兒戲具文之禱祈安能召和氣而回戾氣哉爲今之計莫若講行救荒之政平糶價以紓民力行賑濟以救饑貧放商稅以通客旅清獄訟以伸寃枉察吏姦以禁賄賂抑小人以扶君子通下情以療民瘼凡可以弭災異召和氣者盡心力而爲之憂國願豐出於一念之誠則大士不須祈禱而慧日自呈人事和而天理見惟閣下留意幸甚此松江僧順昌祈晴上府官疏凡僧人文字多道佛之靈異及奉佛利益未有能自指斥其無益者國初名僧如復見心輩亦不

免此此僧獨出正論且以爲有同兒戲可謂超乎流俗者矣讀之起敬

高文義公穀無子置一妾夫人素妒悍每間之不得近一日陳學士循過焉留酌聚話及此夫人於屏後聞之即出詬罵陳公掀案作怒而起以一棒撲夫人仆地至不能興高力勸乃止且數之曰汝無子法當去今不去汝而置妾汝復間之是欲絶其後也汝不改吾當奏聞　朝廷置汝於法不貸也自是妒少衰生中書舍人峘陳公一怒之力也

范希榮者文正公之裔孫其先有爲京官者曰家京師嘗與他商行貨道遇暴客見其姿美問之曰汝非秀才乎希榮曰然吾本范文正公之後暴客曰好人子

息也凡舟中之貨悉令認留不取而去文正公之蔭庇後人矣雖暴客猶知愛之況他人乎

鳥鼠同穴之說自幼聞之及讀禹貢蔡氏傳則以為二山名頗疑之後訪陝西人莊浪山鳥鼠二物同穴同穴而處遂為雌雄行者多見之蓋仲默理學之士止據常理以自信殊不知物之以類自為配偶此理之嘗亦有非常理所能該括者如螽與蚯蚓異類同穴而交龍與馬交蛇與龜雉交蜈蚣多與促織同穴淛東海邊有小蜂名瑣蛣殼中必有一小蠏失蟹則死皆異類也知此則鳥鼠之同穴無足怪矣

朱子註詩云黍穀名苗似蘆高丈餘穗黑色實圓重稷亦穀也一名穄似黍而小嘗與北人論辨黍之形似

乃知所謂苗似蘆高丈餘者即今南方名蘆粟北方名蜀秫其榦名秫稭者是已蓋自是一種非黍也其所謂一名穄似黍而小者此乃是黍非稷也今北人謂黍為黄穄又名黄米粘膩可釀酒則黍之名穄明矣稷與黍甚相似但不可釀酒耳其註鶴云頂赤身白頸尾黑、羽實生於翅非尾此皆一時之誤

都指揮本在外方面官京師各衛指揮有功陞都指揮而未得外選者或在京營管事或在各處守備仍於原衛支俸其列銜皆云其衛帶俸都指揮蓋以別京師無方面官此時制也又有軍職犯私罪者例該革任帶俸差操帶俸之名雖同其實無妨近者有以都指揮掌錦衣衛事者以帶俸字自嫌妄意去之禮部

於登科録列銜亦遂其非而刻版印行若定制然是以其在權要之地而貶制度以順之也使生殺予奪自已出者以勢臨之禮儀制度欲不紊亂得乎

唐人避諱甚者父名岳子終身不聽樂父名高子終身不食糕父名晉肅子不舉進士最為無謂今士大夫以禁網疏闊全不避忌如　文皇御諱詩文中多用之楊東里作棠杕似為得體

馬之性善驚故驚駭字從馬女之性善妒故嫉妒字從女馮篤之從馬威委之從女亦各有義

湖廣長陽縣龍門洞有鳥四足如狐兩翼蝙蝠毳毛黄紫緣崖而上乃翥而下名曰飛生有惟鴟貍首肉角斷箸使方而銜之哌〻而鳴名曰負版遇之則凶

蜀中氣暖少雪一雪則山上經年不消山高故也大理點蒼山即出屏風石處其山陰崖中積雪尤多每歲五六月土人入夜上山取雪五更下山賣市中人爭買以為佳致蓋盛暑嚼雪誠不俗也

宋景濂先生以文學際遇　高皇禮眷特優洪武十四年其孫慎犯罪舉家當坐重辟　上不忍特赦景濂安置四川茂州未至歿夔府葬蓮花池山下成化間墓壞巡撫都御史池州孫公仁為遷葬成都適蜀王府宋承奉昌新作壽藏於成都東門外孫公令人求以葬先生承奉以其同姓名人也慨然許之因以葬焉計其直可費白金千兩夫自開國以來將相大臣功名富貴烜赫一時者多矣沒齒之後陵谷變遷不

能保其墳墓者有矣非國有恩典誰復爲經營之先生之歿百餘年矣而其良會如此於是益有以見秉彝好德之心不以遠近親疏而有間也

蒹園雜記卷四

菽園雜記卷五

吴郡陸容文量著

宗人府署印內府管将軍宿衛中都留守舊規皆以國戚充之勳臣非在戚里不得與也今署宗人印者如故管将軍非國戚者自安遠矦柳景始留守非國戚者自都指揮孫安始一則負緣繒雲矦一則負緣汪直皆命由中出此亦政體一變也

京師元日後上自朝官下至市人往來交錯道路者連日謂之拜年然士庶人各拜其親友多出實心朝官往來則多汎愛不專如東西長安街朝官居住最多至此者不問識與不識望門投刺有不下馬或不過其門令人送名貼者遇黠僕應門則皆卻而不受亦

有閑門不納者在京仕者有每旦朝退即結伴事此至入更酣醉而還三四日後始暇拜其父母不知是何風俗亦不知始於何年聞天順間尚未如此之濫也

景泰年間吏部尚書王公文戶部尚書陳公循皆以少保大學士居内閣王之子倫陳之子瑛順天府鄉試俱不中式二公交章指摘考試官劉儼之失欲罪之上不罪儼而許倫瑛得會試是以阿附者有欽賜舉人之稱此亦一代異事也其後文遇害循謫戍儼卒官謚文介

摺疊扇一名撒扇蓋收則摺疊用則撒開或寫作箑者非是箑即團扇也團扇可以遮面故又謂之便面觀

前人題詠及圖畫中可見已聞撒扇自宋時已有之或云始永樂中因朝鮮國進松扇 上喜其卷舒之便命工如式為之南方女人皆用團扇惟妓女用撒扇近年良家女婦亦有用撒扇者此亦可見風俗日趨於薄也

岳季方能畫葡萄嘗作畫葡萄說近於宣府李士常家見其自書一通筆畫清勁不俗其言葡萄本中國名果重自上古神農九種功力為最世謂得之大宛歸種漢宮皆未之考意者初不經見而傳望貳師之所得者又將特異遂附會之此說有見又云其榦擢者廉也節堅者剛也枝弱者謙也葉多蔭者仁也蔓而不附者和也實中果可啖者才也味甘平無毒入藥

力勝者用也屈伸以時者道也其德之全有如此者
予謂中果入藥分才用似未穩屈伸以時人亦難曉
盖京師種葡萄者冬則盤屈其榦而庇覆之春則發
其庇而引之架上故云然此蓋或種於庭或種於園
所種不多故爲之屈伸如此若山西及甘凉等處深
山大谷中徧地皆是誰復屈之伸之
皇宋第十六飛龍元朝降封瀛國公元君召公尚公主
時承錫宴明光宮酒酣伸手扒金柱化爲龍爪驚天
容元君含咲語群臣鳳雛寧與凡禽同侍臣獻謀將
見除公主泣淚沾酥胸幸脫虎口走方外易名合尊
沙漠中是時明宗在沙漠締交合尊情頗濃合尊之
妻夜生子明宗隔帳聞笙鏞乞歸行官養爲嗣皇考

崩時年甫童元君降詔移南海五年乃歸居九重憶昔宋祖受周禪仁義綽有三代風至今兒孫主沙漠吁嗟趙氏何其隆此詩舊録於鄉人過指揮問其所從来云得之上虞布衣袁鉉未知何人作也後於王元直學正家閲福建　縣志書始知為閩人俞應則所作若其事則備載錢塘瞿宗吉歸田詩話及袁忠徹符臺外稿然忠徹以此為虞伯生作則非也玩味詩中至今兒孫主沙漠之句似言元君避歸沙漠後事應則其國初人與

本朝自己已之變各邊防守之寄益周於前如各方面有險要者俱設鎮守太監總兵官巡撫都御史各一員下人名為三堂宣府大同遼東陝西三邊又有協

守分守遊擊等官其制尤爲縝密但近来添設頗多姑舉北直隸言之如薊州永平山海等處密雲古北等處居庸關等處各有鎮守内官鮎魚石等營黄崖口等營臺頭營山海等處水平太平寨青山營蛾眉山營遵化灤陽等關劉家口等處黄花鎮紫荆關倒馬關凡二十四處各有守備内官武官稱是夫武官分布要害遇有警急各任其責内官之設既非令典今以數百里之地其多如許况此輩原無禄食太平之時日費頗豐不免取諸所部孰敢誰何萬一事起不測折衝禦海必賴將臣彼亦無能爲也或犯吏議則 朝廷又多原之軍力之疲敝軍政之不修有由然矣

朝廷盛禮慶成宴其一也而禮官多因時遷就不愜公論識者不能無議焉成化閒泰和楊導叔簡爲尚寶卿有以六品七品位其上者叔簡貽書葉文莊公有云慶成之宴非所以酧講讀之勞榮有事也中左之序非所以彰彈劾之能念駿奔也而票名之設戾於告示亦愚弄賢士矣暗定之計形於手本豈非尊禮勢要乎以經筵爲講讀之官則符寶所司蓋實密務况其閒有去翰林而任春坊者以給舍爲近侍之列則尚寶正官實非外屬又其閒有正七品從七品之異乎不肖承乏近侍廿載有餘每以司丞列於銀臺棘寺之亞今以正卿班於經筵給事之後豈有司倉卒所致而不加思乎事有因時損益者必不悖朝廷

莫如爵之訓禮有緣人情起者豈亦恃君子無所爭而爲云云叔簡與文莊素厚而必貽之書者亦庶幾其能行之乎

城隍之在祀典古無之後世以高城深池捍外衛内必有神主之始有祠事惑於理者衣冠而肖之加以爵號前代因襲其來久矣洪武元年各處城隍神皆有監察司民之封府曰公州曰侯縣曰伯且有制詞葢其時

皇祖尚未有定見三年乃正祀典詔天下城隍神主止稱某府城隍之神某州城隍之神某縣城隍之神前時爵號一切革去未幾又令各處城隍廟内屏去閒雜神道城隍神舊有泥塑像在正中者以水浸之

泥在正中壁上卻畫雲山圖神像在兩廊者泥在兩廊壁上此令一行千古之陋習為之一新惜乎今之有司多不達此往往塑為衣冠之像甚者又為夫人以配之習俗之難變愚夫之難曉遂使
皇祖明訓託之空言可罪也哉

一釋迦生周昭王二十四季四月八日中國人奉胡教者於是日祀其神周正建子四月即今之二月也今以夏正四月八日為佛生日非也此說出臞僊最為有見然今朝中以四月八日為佛節賜百官喫不落莢莫有覺其非者

天順七年二月十二日兵部奉特旨遣使臣下旱西洋曰哈列地面曰撒馬兒罕地面曰哈失哈兒地面曰

阿速地面曰土魯番地面曰哈密地面曰乩加思蘭處各正副使一員皆外夷人仕中朝者或大通事或都督或都指揮等官皆有主名矣居無幾何寢而不行或云李文達公之力也此事一行　朝廷爵賞靡費固不可言而沿途軍民勞苦損費亦何紀極況異時啓釁又未可知使此事果自李公而止正所謂仁人之言也

諸司官　御前承旨皆曰阿其聲引長老子云唯之與阿相去幾何則阿為應辭其來遠矣

京營之制國初止有五軍營五軍者中軍左掖右掖左哨右哨也此外有曰大營曰團子手曰幼官舍人營曰十二營皆五軍營之支分每營各有坐營把總官

多寡不等永樂初始以龍旗寶纛下三千小達子立三千營内有坐營官操上直披明甲等官又有隨侍營則三千營之支分也亦有坐營官以統之神機營永樂中征交阯得其神機火箭之法因立是營亦有中軍左右掖左右哨各有坐營把司把牌官又有曰五千下者永樂中得都督譚廣馬五千匹今所謂譚家馬者即此別有坐營把司官統之此則神機營之支分也已上舊名三大營至成化初年以言者議選取三大營精兵設立團營十二曰奮武曰耀武曰練武曰顯武曰敢勇曰果勇曰効勇曰鼓勇曰立威曰伸威曰揚威曰振威每營各有坐營把總官統之遇出征即量調以行三大營所存無幾名曰老家兒專

備營造差撥等用十二團營精兵在京各衛并在外各都司所屬及南北直隸衛所共二十五萬分爲春秋二班團操聽調此京營制度之大畧也

平江侯陳公豫鎮守臨清日館客作詩有簷前絡緯啼之句侯謂草蟲不可言啼遂疏之不知絡緯啼李太白已道之矣客終無以自明二人葢未嘗讀李詩故也成化間有吏建言時事禮科給事中忌之以激厲風俗之厲不从力參送法司問罪不知厲本古字漢書凡云風厲勉厲皆不从力此吏亦不能自明二人葢未嘗讀漢書故也兵科給事中閱兵部題本以伎不从女呼吏笞之翌旦有不平者令受笞吏執韻書以進乃赧顏慰遣之此葢識俗字不識古字故也凡

遇人文字所見未的輒疵議之後能無悔也乎

青州生員古清恃才妄作凌虐鄉里死葬後人發其屍支解之懸於林木濬縣王都憲越之父既葬被發而喪其元求之不得乃刻木以代而葬之後食酹至甕底其元在焉王以是終身不食醬嘗聞之僚長張文謹云

嘗聞火雞食火犀食棘刺野羊剖腹取脂〻復生又見列子等書言昆吾之劒切玉如泥火浣之布入火愈鮮不灰之木火爇不壞皆未之信近日滿剌加國貢火雞軀大於鶴毛羽雜生好食燃炭駕部員外郎張汝弼親見之甘肅之西有饔羊取脂復生聞之高陽伯李文及彼處奏事人云然犀之食棘刺則予所親

見也火浣布友人淩季行有一縷如指不灰木譯史劉梗有束帶以火驗之信然由是觀之切玉之劒蓋或有之特未之見耳

閩都御史朱公英云廣東海瀕變虎近海處人多掘岸為坡候其生前二足緣坡而上則襲取食之若四足俱上坡則能食人而不可制矣又聞按察使孔公鏞云廣西蚺蛇其大者皮甲鱗皺雜生苔蘚與山石無辨撢鹿誤從摩癢則撢尾絞而吞之土人取其膽則轉腹令取畧不傷嚙後復遇人取膽仍轉腹以瘢示之人知其然亦不復害也

十三道御史與六部各司平行文移謂之手本御史有欠謹厚者頗以言路自恃署名字大寸許一郎官厭

之貽之口占云諸葛大名垂宇宙今人名大欲如何雖於事體無妨礙只恐文房費墨多諸司傳聞以為談笑大書之風由是稍息或云郎官為王兵侍偉

嘗閱舊簿書正統景泰間會議五府六部都察院大理寺通政司之外有閣老及掌科無掌道官今有十三道而閣老不與聞始自李文達公上請而然各道與議不知始何時景泰間各邊鎮守巡撫官會本奏事及兵部覆奏皆以總兵官為首今皆首內臣天順以前公侯伯都督管營者止稱坐營官總兵之名乃下人私相稱謂移文中無之其以總兵自稱則近季始及汪直用事時邊方事皆令兵部與總兵官討議則總兵之稱又出自　御筆矣蓋內閣大臣非止養望

而已廟堂謀議非所辱也御史職主糾察一與會議雖謬誤不復可言矣拉使與議殆以箝其口耳各邊總兵掛將軍印奉　制敕得專生殺之柄宜非他官之所當先今朝鮮國王咨文惟咨遼東總兵官是已律中所謂總兵官葢指掛印征進者若京師六軍總於天子非臣下所得而專制也此皆故事之因時而異者然一成而不可變矣

蘇州自漢歷唐其賦皆輕宋元豐間爲斛者止三十四萬九千有奇元雖互有增損亦不相遠至我　朝止增崇明一縣耳其賦加至二百六十二萬五千九百三十五石地非加闢於前穀非倍收於昔特以國初籍入僞吳張士誠義兵頭目之田及撥賜功臣與夫

豪强兼併没入者悉依租科税故官田每畝有九斗八斗七斗之額吳民世受其患洪武間運粮不遠故耗輕易舉永樂中建都北平漕運轉輸始倍其耗由是民不堪命逋負死亡者多矣

宣宗明燭是弊 詔官田減税三分時格於國用不足之議事遂不行郡守況鍾抗章上請得遵 優旨共減税粮七十二萬餘石又得巡撫周文襄公存卹惠養二十餘季歲豐人和汔可小康自後水旱相仍無歲無之加以運漕虧折賠賍不訾民復困瘁況沿江傍湖圍分時多積水數年不畊不獲而小民破家鬻子歲償官税者類皆重額之田此吳民積久之患也

京師鉅刹大興隆大隆福二寺為　朝廷香火院餘有賜額者皆中官所建寺必有僧官主之中官公出必於其寺休憩巧宦者率預結僧官俟其出則往見之有所請託結納皆僧官為之關節近時大臣多與僧官交歡者以此京衛武學之東智化寺太監許安葺以奉王振香火者天順間主之者僧官然勝讀書觧文事時闞禹錫以　國子監丞掌武學事勝則往拜焉禹錫托故不見他日饋茶餅卻之以詩投贈又卻之終始不與往還禹錫可謂剛介之士其賢於人遠矣

湯都指揮胤績博學彊記論議英發為詩文亦雄健有氣然性傲妄眼空時輩於朝士有一日之長輒以賢

弟賢姪呼之人多不堪以其有時名不較也成化初言者以将材薦有才兼文武可當一面之語戲者以湯一面名之陝西孤山頗號險要適參将負鈇兵部以胤績舉充即鎮未久有故人來謁呼酒共飲適報虜數騎薄城下胤績語故人云先生姑自酌吾往生擒胡雛來與觀也方出城未遠有胡伏溝中一箭中咽而斃人又名之曰湯一箭云此可以為将官夸大輕率之戒

御史職司風紀中書舍人供奉絲綸其任皆不薄也名器之輕重衣冠之榮玷則繫其人焉近時一進士素出入閣老萬公之門得改翰林庶吉士萬病陰痿吉士自譽善醫具藥濬為洗之因得爲御史翌聖夫

人之姪季通以門蔭官中舍一同寮濟寧人與通友善嘗得歸省以篋寄通所封鐍甚固夫人素諳世故命啓視之其人固辭夫人不許乃强啓之一篋有舊衣數件其下皆書籍一篋舊衣下皆土墼夫人大怒曰他日欲誣我家耶命毆之通跪請乃令自擔其二篋去時人為之語曰洗鳥御史挑土中書一時同官者氣為沮喪其辱敗士風甚矣

文莊葉公巡撫兩廣時素與丘内翰仲深不合丘每投閒毁之庚辰進士廣西張某嘗短葉於丘丘曰為先容進謁李文達言賊至城下葉猶詠詩不輟且殺無辜之民為功文達素知葉公默識而已蓋張其歸省時葉嘗知其不檢踈之由是致怨丘之不察也丘素

知文事非文達所長且復護短乃謂葉笑其詩文不佳李公衡之他日錦衣呂指揮貴湯都指揮胤績盛稱葉公學問文章之美且云置之内閣於先生無忝文達撫然曰與中笑我乃爲入閣地耶及大藤峽用兵敕韓公雍書有云往者葉某虚張捷報致賊猖獗葢張其先入之言至是始發也葉公後由言官之薦僅以右僉遷左僉而已文達没後始得入禮部云

國初諸司皂隷主騶從而已宣德間始有納銀免役者聞宣廟因楊東里言京官禄薄遂不之禁名曰柴薪銀天順以來始以官品隆卑定立名數每歲銀解部以鉅萬計在京諸司皆出畿内幷山東山西河南州縣南京諸司則皆出南畿州縣予未第時見京官索

皂銀意頗薄之及仕京乃知不可無也後官武庫嘗以為有害於義欲奏請改作折俸名色俸多而皂隸銀數不足者乃以鈔絹補數庶幾名正言順属草時以此事屬兵部折俸屬户部事體窒礙不果行

京師人家能蓄書畫及諸玩器盆景花木之類輒謂之愛清蓋其治此大率欲招致朝紳之好事者往來壯觀門户甚至投人所好而浸潤以行其私溺於所好者不悟也錦衣馮鎮撫玹中官家人也亦頗讀書其家玩器充聚與之交者以馮清士目之成化初為勘理鹽法差楊州城中舊家書畫玩器被用計拈掠殆盡濁穢甚矣吾鄉達有為刑部郎者素與往還亦嘗被其所賣馮死後人始言之凡居官者此等事亦不

可不知也

山西石州風俗凡男子未娶而死其父母俟鄉人有女死必求以配之議婚定禮納幣率如生者葬日亦復宴會親戚女死父母欲為贅壻禮亦如之

三代至春秋時用兵率以車戰秦漢而後以騎兵為便故兵車之制車戰之法今皆不傳漢有武剛車晉有偏箱車然不過行載輜重止為營衛而已其出擊仍以騎兵故能制勝唐房琯擊安禄山用春秋車戰之法卒以取敗葢春秋時敵國皆車戰又皆戰於平原廣野其兵將亦皆素練車戰之人故宜之琯以車禄山以騎時異勢殊故用有利鈍非車之罪也今中國擊胡欲用車戰此最不通時宜者迺者都御史李公

實亦以戰車為言兵部重違其請嘗令成造試之不欲顯言其非第云備用而已都御史王公越時提督京營或問戰車之名王云是名鷓鴣車蓋謂鷓鴣啼行不得也李聞而恚之

成化間漕河築隄一石中斷中有二人作男女交媾狀長僅三寸許手足肢體皆分明若雕刻而成者高郵衛某指揮得之以獻平江伯陳公銳〻以為珍藏焉此等事雖善格物者莫能究其所以

楊文貞公在内閣時夫人已早世惟一婢侍巾櫛而已一日中宮有喜慶文武大臣命婦皆朝賀 太后聞公無命婦令左右召其婢至則諸命婦已退矣太后見其貌既不揚衣復儉陋命妃嬪重為梳整易

內製首飾衣服而遣之且笑云此回楊先生不能認矣翌日命所司如制封之不為例其眷遇之隆如此聞此即南京太常少卿導之母也導字叔簡能詩文善談論以尚寶卿陞是官文徵明云文貞薨世時郭夫人猶在且不聞有封婢之說或他日以導推恩容或有之粲按文貞元配嚴夫人繼郭夫人即此婢也朝廷特降制封之其制詞載在文貞續集附錄內安得云無此說也衡山公一時偶未之考耳

詩螮蝀在東釋者以為天地之淫氣或以為日光射雨氣而成然今人露置酒醬於庭見虹則急掩蓋之不爾則致消耗相傳虹能食此嘗聞廣西杜監生云其家舍旁甃井時時出虹叔父頗健狠率僮掘之深丈餘見一肉塊大如釜無首尾蝡蝡而動欲煮之家人不可乃舉而投水中自是此處不復出虹矣虹蜺螮

蝀字皆從虫古人制字必有所見又虹字北方人讀作岡去聲今吳中名鞭撻痕亦用此音其即此字邪

占卦者以錢代著其來久矣舊以無字一面為陽有字一面為陰至朱文公反之以有字為面為陽無字為背為陰有儲水者以為古銅器物欵識皆在背如鏡是已予按此說非也錢之有文為錢設也今印信與宮衛銅牌皆然錢背間亦有一字者印背有鑄造年月字銅牌背有號數字若鏡之為器主照物不重在文豈可以此為律邪

初過呂梁洪沽頭閘直沽不知洪沽字義後考之石阻河流為洪方言也又蜀人謂水口為洪梓潼水與涪江合流如箭故有射洪縣若沽乃漁陽水名今直沽

雖與漁陽地相近然註云水出漁陽塞外東入海則又非矣所謂直沽沽頭菑水道之通名亦方言如漊字本雨不絕貌今南方以為溝渠之名北人則不解道也

病痔者用苦蕒菜或鮮者或乾者煮湯以熟爛為度和湯置器中閣一版其上坐以薰之候湯可下手撩苦蕒頻頻揉洗湯冷即止日洗數次予使宣府時曾患此疾太監弓勝授以此方洗數日後果見効故記之蕒一作苣北方甚多南方亦有之

故友支禧字有禎篤行之士嘗言星辰雲物天之章也今衣段織雲者庶民皆服之五糖七糖帣面內有糖人是人食人也有賢者在位當禁之言雖迂甚有理

致

菽園雜記卷五

菽園雜記卷六

吳郡陸容文量著

元起朔漠建都北平漕渠不通江淮至元初粮道自淛西涉江入淮由黄河逆水至中灤旱站陸運至淇門入御河中灤即今開封府封丘縣地淇門今屬大名府濬縣乃淇水入御河之處即枋頭也去中灤旱站一百八十餘里自黄河逆水至中灤自中灤陸運至淇門其艱蓋不可言况運粟不多不足以供京邑之用於是遂有海運之舉然海道風濤不測損失頗多故又自任城開河分汶水西北至須城之安民山入清濟故瀆通江淮漕經東阿至利津河入海由海道至直沽接運至京任城今之濟寧州也須城今之東

平州也其後海口沙壅又自東河陸運二百餘里至臨清始入御河其難尤不可言時有韓仲暉邊源輩各出已見相繼建言乃自安民山開河直抵臨清屬于御河而江淮之漕始通矣然當時河道初開不甚深闊水亦微細不能負重載所以又有會通河止許一百五十料船行之禁海運之初歲止得米四萬六千餘石其後歲或至三百餘萬石會通河所運之米每歲不過數十萬石終元之世海運不罷國初定鼎金陵惟遼東邊餉則用海運其時會通河尚通今濟寧任城閘北岸見有洪武三季曉諭往來船隻不得擠塞閘口石碣在至二十四年河決原武漫過安山湖而會通河遂淤自是江淮舟船始不至

御河矣。永樂間肇造北京，粮道由江入淮，由淮入黄河，水運至陽武，發河南、山西二布政司丁夫旱路般運至衛輝上船，由御河水運至北京，亦不可謂不難矣。後得濟寧州同知潘叔正建言，工部尚書宋禮等提督，始開鑿會通河。潘之建言，止為濟寧州往北旱站遞運軍需等項艱苦，欲開此河以省民力耳，初未嘗言開此漕運也。河成，宋尚書建言，始從會通河漕運，而海運於是乎罷。當會通河漕運之初，又得平江伯陳瑄於凡河道事宜莫不整頓，所以至今京儲充羨不至缺乏者，會通河之力；開鑿經理以底於成者，斯又數君子之力也。此出刑部侍郎三原王公恕漕河通志，節其要語記之。

張巡力竭西向再拜曰生既無以報陛下死當為厲鬼以殺賊此厲字與伯有為厲之厲不同原其意誓欲為猛厲之鬼以殺賊耳李翰表云臣聞強死為厲游魂為變有所歸往則不為災此正伯有為厲之厲翰之意蓋欲乞為墓招葬巡等故云然耳非解厲鬼字義也後人多誤解此字致生邪說至有以厲即古癘字謂巡為掌疫癘之鬼若致道觀塑巡為青面鬼狀世之譌謬如此正由誤解此字故也吳中羽林將軍廟譌為雨淋而不覆以屋三孤廟譌為三姑而肖三女郎焉山西有丹朱嶺蓋堯子封域也乃鑿一豬形以丹塗之世俗傳譌可笑大率類此

月令言十月雉入大水為蜃人不知其能化蛟也張啓

昭翰撰言其鄉民嘗逐一雉入山穴中守之久不出乃以土石塞之而去每過其處竊視之封閉如故人不知也久之見其處有水流出不已踰時又過其處則山已崩裂其下成渠問之居民云風雨之夕有蛟出故也逐雉者為言其事始知雉亦能為蛟云

京師多尼寺惟英國公宅東一區乃其家退閒姬妾出家處門禁嚴慎人不敢入餘皆不然〻有忌人知者有不忌者不忌者君子慎嫌疑固不入忌者有奇禍決不可入天順間常熟一會試舉人出游七日不返莫知所之乃入一尼寺被畱每旦尼即鐍戶而出至暮潛攜酒殽歸故人無知者一日生自懼乃踰垣而出〻則臞然一軀矣又聞永樂間有圬工修尼寺得

纓駿帽於承塵上帽有水晶纓珠工取珠賣於市主家識而執之問其所從來工以實對始知此少秊竊入尼室遂死於欲屍不可出乃肢解之埋墻下法司奏抵尼極刑而毀其寺今官墻東北草場云是其廢址也

唐季黃巢之亂兵鋒所過多被殺傷然巢性獨厚於同姓如黃姓之家及黃州黃岡黃梅等處皆以黃字得免徽州歙縣地名篁墩本以產竹得名民以黃易之亦得免禍近日程克勤諭德始徵士大夫詩文表白其事而復篁墩之名夫大盜如黃巢亦有此善則信乎天理民彝之在人心未嘗一日而泯滅也

永樂間敕遣大臣分行各處凡民間子弟秊二十以上

爽健者皆選取以備侍衛頗被騷擾其軍悉隸府軍前衛數至二萬有餘立千户所二十五領之季至六十驗有老疾實狀兵部奏請踈放仍於本州縣照名選補成化間尚書余公議欲再為差官點選時當選處適多饑饉職方郎中劉大夏與予力沮之余不能奪其議遂寢

今之所謂左蓋即古人之所謂右如易繫辭傳書其後曰右第幾章說文註親字云左從辛從木志錢幣者云五銖錢右文曰貨泉左文曰五銖是矣今人乃與相反予求其說而不可得竊疑古人北面視物分左右物在東者值吾右手故為右物在西者值吾左手故為左今人以南面視物分左右故反是然古人言

宮室位置則云前朝後市左祖右社軍行部位則云前朱雀後玄武左青龍右白虎則祖廟與青龍在東太社與白虎在西又與今人所謂左右不異未能決然無惑也

成化辛丑歲西胡撒馬兒罕進二獅子至嘉峪關奏乞遣大臣迎接沿途撥軍護送事下兵部予謂進貢禮部事兵部不過行文撥軍護送而已時河間陳公鉞為尚書必欲為覆奏予草奏大畧言獅子固是奇獸然在郊廟不可以為犧牲在乘輿不可以備驂服蓋無用之物不宜受且引珍禽奇獸不育中國不貴異物賤用物等語為律力言當卻之如或閔其重譯而來嘉其奉藩之謹則當聽其自至斯盡進貢之禮若

遣大臣迎接是求之也古者天王求車求金於諸侯春秋譏之況以中國萬乘之尊而求異物於外夷寧不詒笑於天下後世陳公覽之恐拂 上意乃咨禮部時則四川周公為尚書亦言不當遣官迎接事遂寢而遣中官迎至其狀只如黃狗但頭大尾長頭尾各有鬆耳初無大異輟耕録所言皆妄也每一獅日食活羊一羫醋蜜酪各一瓶養獅子人俱授以官光祿日給酒飯所費無算在廷無一人悟獅子在山藪時何人調蜜醋酪以飼之蓋胡人故為此以愚弄中國耳

莊子言即且甘帶即且蜈蚣帶蛇也初不知甘之之義後聞崑山士子讀書景德寺中嘗見一蛇出游忽有

蜈蚣躍至蛇尾循脊而前至其首蛇遂伸直不動蜈蚣以左右鬚入蛇兩鼻孔久之而出蜈蚣既去蛇已死矣始知所謂甘者甘其腦也聞蜈蚣過蝸篆即不能行蓋物各有所制如海東青鷙禽也而獨畏燕象猛獸也而獨畏鼠其理亦然

讀書萬卷不讀律致君堯舜終無術此雖譏切時事之言然律令一代典法學者知此夫能律人亦可律己不可不讀也書言議事以制而必曰典常作師其不可偏廢明矣嘗見文人中有等迂腐及浮薄者往往指斥持法勤事之士以為俗流而於時制漫不之省及其臨事誤犯吏議則無可釋而溺於親愛者顧以法司為刻良可笑也

本朝子為母服斬衰三年嫂叔之服小功皆所謂緣人情而為之者也然韓退之幼育於嫂嘗為制服而程子於嫂叔無服亦嘗言後聖有作雖制服可也母服斬衰則以儒臣群議不合

高皇斷自宸衷曰禮樂自天子出此禮當自我始

北方老嫗八九十歲以上齒落更生者能於暮夜出外食人嬰兒名秋姑子自幼聞之不信同寮鄒繼芳郎中云歷城民油張家一嫗嘗如此其家鎖閉室中鄒非妄誕人也秋北人讀如篘酒之篘

一彎西子臂七竅比干心詠藕詩也相傳衛文節公作未知是否一庭生意留青草萬里歸心放白鷴恕齋詩也程少詹克勤云嘗見作此題者多涉頭巾氣惟

此聯出色又聞郤復初郎中云鄉人取龍湫祈雨後
送水還湫有作文者集古句一聯云雨三日不止求
之與與之與水一勺之多出乎爾返乎爾亦佳
永樂三年　命翰林學士解縉等選新進士才質英敏
者就文淵閣讀書時與選者修撰曾棨編修周述周
孟簡庶吉士楊相劉子欽彭汝器王英王直余鼎章
敞王訓柴廣敬王道熊直陳敬宗沈昇洪順章朴余
學夔羅汝敬盧翰湯流李時勉段民倪維哲袁添祥
吾紳楊勉二十八人時周忱自陳年少願進學　文
皇喜曰有志之士命增為二十九人名庶吉士聞洪
武壬子歲嘗選會試士十八人授編修等職讀書文
華堂後又選進士為庶吉士分置近侍諸署若解縉

為中書庶吉士是也而專置之翰林則始於此

天順間文臣閣老李文達公賢武臣錦衣衛指揮門達最得君而達尤聲勢隆赫傾動中外嘗忌李出己上欲乘隙間之有軍匠楊暄者以工彩漆著名于時一日疏達不法事以聞達因怨於 上云此李賢唆之也知 上必親鞫密召暄囑之暄懼死陽承順惟謹上果鞫於內苑山子下暄以實對云事非由賢門達囑臣誣賢臣與賢素不識不敢枉也達由是寵衰而禍作矣古人謂無好人三字非有德者之言觀此可知

童庶子緣京師人善詼諧嘗撰一事云元世祖既主中華令華人皆辮髮椎髻胡服嘗視太學見塑先師孔

子及四配十哲像皆冠冕章服命有司作緇髻胡服
以易之子路不平愬於上帝〻曰汝何不識時勢自
盤古以來歷代帝王下至庶人皆稱我曰天今名我
曰騰吉理只得應他蓋今日是他時勢不得不然且
須耐心守待必有一日復舊也此即天定亦能勝人
之意可謂善謔者矣

行人司行人初置三百六十員今存三十六員蓋國初
諸司官不差出凡有事率差行人永樂中減革行人
員數諸司公務差本衙門官出辦行人非册封　親
王使外國賫捧　詔書之類不差然當時進士除行
人者九年才得陞六品官人多不樂今九年得陞各
部員外郎三年得選任御史行人頓為增重於前舊

嘗爲之語云非進士不除非王命不差非餽贐不去其濫可知今 朝廷重之人各自重無此風矣

秋官屠郎中之妻無子而妒懼其夫置妾常爲贋娠以沮之一年果娠彌月而產則一胞爲鳥卵者四十七破之中有血水而已項尚書之女無夫而娠家人恐其彰醜飲以冷藥敗其胎竟不効及期而產一胞數蛇遂驚死皆不知其何所感也

孫狀元賢赴會試途中投宿一民家主人敬禮甚隆飲食一呼而具賢疑其家有他會問之主人云昨夜夢狀元至故治具以俟今日公至應此夢無疑矣賢竊自喜至期下第而歸後一科果狀元及第雍御史泰未第時嘗自金陵還陝西道經鳳陽投宿一老嫗家

問知是舉子喜云昨夜夢有御史過吾家子其人邪
雍後以進士令吳被召為御史陸參政孟昭未第時
夫人夢得官參政後果不爽觀此則人之出處信有
前定非偶然也

錢原溥學士回自謫所道江西布政使翁公世資作詩
送之序云天順間先生嘗謂兵部尚書陳汝言曰方
今論功行賞殆無虛日而　母后徽號未加得非闕
典與汝言即以先生之言入奏
英宗大加稱賞隨付史氏以行歲甲申
英廟上賓先生遂為權貴所擠而有順德之行
皇上一日御經筵閱講臣獨以先生不在為問遂下
吏部召還復舊官予嘗以是質之內閣供奉謝伯寬

云歲甲申以下一段失實蓋原溥嘗在內書堂教書今之近侍若懷恩輩皆多出其講下其出以附王倫其入以懷公之力也

本朝文臣封伯爵者洪武中〻書左丞相汪廣洋封忠勤伯弘文館學士劉基封誠意伯正統中兵部尚書王驥封靖遠伯天順中都察院副都御史徐有貞封武功伯鴻臚寺卿楊善封興濟伯成化間兵部尚書兼都察院左都御史王越封威寧伯廣洋後坐累有貞越不久革爵謫遠地基善革於身後子孫世祿驥一人而已

本朝軍衛舊無學今天下衛所凡與府州縣同治一城者官軍子弟皆附其學食廩歲貢與民生同軍衛獨

治一城無學可附者皆立衛學宣德十年從兵部尚書徐琦之請也其制學官教授一員訓導二員武官子弟曰武生軍中俊秀曰軍生衛學之有歲貢始於成化二年五月從少保李公賢之請也其制每二歲貢一人平時不給廩食至期以先入學者從提學御史試而充之

為人上者言動不可不謹否則下人承譌踵誤不勝其弊矣丁酉歲予有考校之役至遷安適同年劉御史廷珪按其地遣人招飲予戲語云饌有驢板腸即赴葢京師朋輩相戲各有指斥風土所諱以為詬者如蘇淛云鹽豆江西云臘雞湖廣云乾魚之類是已河南人諱偷驢廷珪河南衛輝人而舊傳有西風一陣

板腸香之句故以戲之日暮歸縣官率吏人捧熟饌以進問之云聞公嗜驢板腸故以奉也予以實告而遣之既而自悔自是不敢戲言

嘗登嶧山〻僧作水飯為供食一蔬味佳問之云張留兒菜令採觀之乃商陸也餘姚人每言其鄉水族有彈塗味甚美詳問其狀乃吾鄉所謂望潮郎耳此物吾鄉極貧者亦不食彼以為珍味商陸在吾鄉牛羊亦不食彼以為旨蓄正猶河豚在吴中為珍異直沽漁人剉其肝而棄之時魚尤吴人所珍而江西人以為瘟魚不食世之遇不遇豈惟人為然夫物則亦有然者矣仲裘聞張留乃樟栁也

兵部侍郎王偉先任職方郎中用少保于公薦升是職

未幾伺于公過誤密奏之
景皇帝信任于公方專召入以偉奏授之公叩頭謝
罪上曰吾自知卿卿勿憾也公既出偉下堂迎問曰
今日聖諭為何公曰姑入語之既入復請乃笑曰若
夫有不是處賢弟當面言之未敢不從也何忍至此
乃出奏示之偉局蹐無地君臣相與如此誰得而間
之此于公所以得成安社稷之功也
常朝諸司奏事御前事當准行者　上以是字答之成
化十六七年間　上病舌澀每答是字苦之鴻臚卿
施純彥厚揣知之陰獻計於近侍云是字不便請以
照例字易之　上得此甚喜問所出近侍以純對
由是得拜禮部侍郎掌寺事尋陞尚書加太子少保

純京師人成化丙戌進士長軀偉幹音吐洪亮初任戶科給事中遷鴻臚少卿未二十年驟陞至此可謂際遇之隆矣人有爲之語云兩字得尚書何用萬言書

天順間鄉人陳錡鼎夫爲職方郎中嘗談及時事云近得葉與中奏保巡按廣西御史吳禎巡撫其地時葉公總督廣東西軍務擧禎欲分任其責也因問禎之爲人鼎夫云一相口耳與中以誠待物宜有此擧異日必爲此人累也予竊記之後禎得位結搆廣人百計謗葉李閣老惑之時因言官嘗薦葉入朝僅移節宣府而禎不久亦敗矣予於是服鼎夫之先見云近聞于少保薦王偉爲侍郎時商狀元嘗密言其非所

宜薦然疏已入矣既而于公有不愜意時每自嘆云
先見不如商大朴太朴商公舊學也

夷人黨護族類固其習性同然而回回尤甚嘗聞景泰間京師隆福寺落成縱民入觀寺僧方集殿上一回回忽持斧上殿殺僧二人傷者二三人即時執送法司鞫問云見寺中新作輪藏其下推轉者皆刻我教門人像憫其經年推運辛苦是以讐而殺之無別故也奏　上命斬于市予謂斯人之冒犯刑辟固出至愚然其義氣所發雖死不顧中國之人一遇利害至有擠其同類以自全者較之斯人之激於義而蔽於愚其可哀憐也哉

浯溪浯臺㾄亭皆在今永州祁陽縣治南五里唐元結

次山愛其勝異遂家其處命名制字皆始于結字從水從山從广皆曰吾者旌吾獨有也今按峿㾪字韻書無之蓋制自次山浯本瑯琊水名古有此字湘江之谿命名曰浯則自次山耳

陳祭酒詢字汝同松江人善飲酒〻酣耳熱胸中有不平事每對客發之人有過面語之不少貸也在翰林時嘗忤權貴出為安陸知州同寮餞之或倡為酒令各用二字分合以韻相協以詩書一句終之陳學士循云轟字三箇車余斗字成斜車〻〻遠上寒山石徑斜高學士穀云品字三箇口水酉字成酒口口口勸君更盡一杯酒陳云矗字三箇直黑出字成黜直直〻為徃而不三黜

嘗聞河内縣丞韓肇云一人病耳癢命鑷工爬剔之耳中出彩帛碎屑終亦無恙予不之信也近尚書洙水張公患瘡在告予往問候云一日閑坐忽臂肉作癢搔之覺有物在指下摘之抽出肉紅一線五六寸初疑是觔詳覩之[illegible]之纖而覺[illegible]瘡遂作矣即此推之則耳中碎帛亦或不誣此皆理之不可曉者

永樂五年會議北京合用粮餉雖本處歲有徵稅及屯田子粒并黄河一路漕運然未能周急必藉海運然後足用見在海船數少每歲裝運不過五六十萬石且未設衙門專領事不歸一莫若於蘇州之太倉專設海道都漕運使司設左右運使各一員從二品同

知二員從三品副使四員從四品經歷司照磨所品級官吏俱照布政司例本司堂上官於文武中擇公勤廉幹者以充其職行移與布政司同各處衛所見有海船并出海官軍俱屬提調以時點檢如法整治奏上　太宗有再議之旨遂不行

菘菜北方種之初年半為蕪菁二年菘種都絶蕪菁南方種之亦然蓋菘之不生北土猶橘之變於淮北也此說見蘇州志按菘菜即白菜今京師每秋末比屋醃藏以禦冬其名箭幹者不亞蘇州所產聞之老者云永樂間南方花木蔬菜種之皆不發生者亦不盛近来南方蔬菜無一不有非復昔時矣橘不踰淮貉不踰汶雊鵒不踰濟此成說也今吴菘之盛生

于燕不復變而為蕪菁豈在昔未得種藝之法而今得之邪柳亦氣運之變物類隨之而美邪將非橘柚之可比邪

東里楊先生嘗見崑山屈昉送行詩有佳句默識其名一日知崑山縣羅永年以事上京投謁東里問崑山有屈昉何如人永年茫然無以對東里云士人尚不知邪永年慚赧而退及還任乃求昉識之未幾有詔舉經明行修之士永年乃以昉應　詔除南海縣丞卒官前輩留心人物如此

今人有喪剪帛以授吊客謂之發孝大抵京師人家發孝主於勾引祭賻之貲江南人家發孝主於勾引人光賁送喪士大夫家亦有為之者此非禮之禮也楊

文貞公遺戒子孫不用此最是

朱文公先生本號晦菴今人稱考亭者亭本前代一御史築於其考墓旁故名歲久亭廢韋齋愛其山水嘗欲即其廢址作書院而不果文公後作考亭書院以成先志非別號也

開元錢文或讀作開通元寶或作開元通寶本唐高祖武德四季所鑄非明皇開元 閒鑄也今錢背閒有新月痕人遂以為始鑄錢時工人呈蠟樣楊貴妃玩視之因有指甲痕此葢不知典故者因明皇季號與錢文偶同而附會其説耳伸按錢志謂為文德皇后掐痕

蔵園雜記卷六

菽園雜記卷七

吳郡陸容文量著

予為庠生時嘗以家難赴愬前巡撫崔莊敏公〻以瞽叟殺人舜竊負而逃遵海濱而處當是時也愛親之心勝其於直不直何暇計哉一節為題命作講義公初讀破題喜及讀至結尾有云使葉公而知此其肯以證父攘羊之為直使漢高而知此其肯貪天下而分羹於敵國哉乃益喜稱賞之予時亦以為偶有新得也近得楊廉夫樂府有栝羹詞鄭子美文集有索羹論乃知此義古人先得之矣鄭論云項羽置太公於俎上告高祖而殺之高祖於此所宜卑辭請降迎歸其父然後以項羽既弒其君又欲殺人之父以挾

其子興師問罪與之決勝負於一戰定成敗於萬全未晚也豈可大言無當索父之羹以吾親之重為天下之一擲哉向非項羽有婦人之仁高祖有項伯之援則太公烹於俎上矣項羽既殺太公分羹高祖然後布告天下謂高祖不顧其父挾人殺之而食其羹興師問罪則高祖負殺父之名此身且將無所容於天地之間又安能與之爭天下哉項羽既不知出此反惑於為天下者不顧其家之言使太公幸而獲免高祖因之成事天下遂以高祖為得計索羹為名言紊綱常之義失輕重之權矣末乃引孟子荅桃應之問結之此前人所未道也

本朝中官自正統以來專權擅政者固嘗有之而傷害

忠良勢傾中外莫如太監王振然宣德年間 朝廷起取花木鳥獸及諸珍異之好內官接跡道路騷擾甚矣自振秉內政未嘗輕差一人出外十四季間軍民得以休息是雖 聖君賢相治効所在而內官之權振實攬之不使汎濫四及天下陰受其惠多矣此亦不可掩也

楊文定公溥在內閣時其子来自石首備言所過州縣官迎送餽遺之勤南京吏部侍郎范公理時知江陵縣頗不為禮公聞而異之後廉知其賢即薦知德安府其為縣才八月而已商文毅公輅自內閣罷官歸工部侍郎杜公謙時為主事治水呂梁過之獨厚商後被召復職每汲引之白恭敏公圭任淛江布政使

過徐州洪家人與水手相毆主事袁規收其儀杖懇請而解未幾召為工部侍郎袁不自安而公未嘗形於辭色少保于公謙為兵部尚書時葉文莊公在兵科屢劾之後喪偶請于爲誌墓慨然成之李文達公之於文莊聞人譖其議己則深銜之且抑之至其没文莊始得入為禮部其不同如此

江南巡撫大臣惟周文襄公忱最有名蓋公才識固優於人其留心公事亦非人所能及聞公有一冊曆自記日行事纖悉不遺每日陰晴風雨亦必詳記如云某日午前晴午後陰某日東風某日西風某日晝夜雨人初不知其故一日民有告糧船失風者公詰其失船為何日午前午後東風西風其人不能知而妄

對公一一語其實其人驚服詐遂不得行於是知公
之風雨必記盖亦公事非漫書也
還元水者臘月以空瓶不拘大小細布緘其口引之以
索浸糞厠中日久糞汁滲入瓶滿自沈取埋土中二
三季化為清水畧無臭氣凡毒瘡初發時取一盌飲
之其毒自散此法聞之沈通理先生嘗試之有効
凡咽喉初覺壅塞一時無藥以紙絞探鼻中或嗅皂角
末歕嚏數次可散熱毒仍以李樹近根皮磨水塗喉
外良愈
輟耕録言嬸妗字非古吴音世母合而為嬸舅母合而
為妗耳此說良是今吴中鄉婦呼阿母聲急則合而
為黷輕躁之子呼先生二字合而為襄但未有此字

耳又如前人謂語助爾即而已字反切楚辭些即婆訶字反切今以類推之蜀人以筆為不律吳人以孔為窟隴又如古人以瓠為壷詩八月斷壷是已今人以為葫蘆疑亦字之反切耳

世俗相傳以三月二十八日為東嶽生日然不見於紀載許襄敏公彬重修蒿里祠記云每年三月二十八日屬東嶽帝君誕辰天下之人不遠千數百里各有香帛牲牢來獻夫二儀既分五嶽以峙非今日生一山明日生一山有月日次第可記而謂之生日也其妄誕不辨而明矣不知許公何所據而書之石乎然其文集中無此篇殆它人依託者

韻書云楚莊王滅陳為縣〻之名自此始此說非也周

禮小司徒有云九夫為井四井為邑四邑為丘四丘為甸四甸為縣又遂人云五家為鄰五鄰為里四里為酇五酇為鄙五鄙為縣則縣之名先已有之但與今縣制不同耳或謂郡縣自秦漢始亦非也周制地方千里分為百縣縣有四郡上大夫受縣下大夫受郡秦廢封建之制置三十六郡以監天下之縣漢因而增置郡國六十七郡之名亦先有之特古今制度不同大小復異耳

前代史凡事更時未久曰亡何曰居亡何曰居亡幾何曰未幾其最近者曰頃之曰少選曰為間曰已而曰既而至宋人作唐書事或踰年或數月或數日率用俄而字後人効之如敘宋太祖太宗授受之際一則

曰俄而殂一則曰俄而帝崩以致燭影斧聲之疑紛紛異説嘗考之開寶九年冬十月壬子帝以後事屬晉王癸丑夕崩於萬歲殿太祖夜召晉王時夜已四鼓蓋前後二夕而曰俄而一字不當害事如此敘事之文可不慎歟

俞貞木字有立錢芹字繼忠皆蘇人革除年間蘇守姚善好禮賢士有立以明經見重於守月朔望必延致講書府學嘗令吏饋米於有立誤送繼忠吏惶恐白守將取還有立云錢先生與人不苟合尤不苟取與今受米不辭必知公之賢耳守驚異即令人請見繼忠對使者云吾為郡民有召敢不赴但吾心未宿戒不可輕往他日可也他日浣濯衣冠齋沐而往守甚

喜延之别室請問経義繼忠云此士子之務耳公爲政何不談時務而及此邪守益起敬遂問今日何者爲急務繼忠令屏左右云今日之務勤王爲急守躍然而悟於是密結鎮常嘉松四郡守訓練其民率先赴行竟死其事

户部尚書夏忠靖公原吉長沙人德量寬厚喜怒不形永樂間嘗以治水至崑山寓于敦禪寺所居不設儀從鄉民数人入寺遊觀公方坐室中觀書不意其爲夏公也雜坐其旁既而它之問僧云尚書何在僧云室中觀書者是也民懼乃奔去公好食煬豬肝一日膳夫供具公飯盡而肝如故怪之已而分食乃知入鹽過多鹹不可食也人服其量楊東里作公神道碑

記隸汚織金賜衣吏碎所愛硯皆無怒意謂其有王
子明韓稚圭之度非過稱也

丈量田地最是善政若委託得人奉公量見頃畝實數使多餘虧欠各得明白則餘者不至暗損貧寒欠者不至虛賠糧稅弊除而利興矣周文襄巡撫時嘗有此舉以屬戶部主事何寅寅日惟躭酒未嘗徧歷田野親視丈量秖憑里胥輩開報輒與准理丈量稍多分豪者必謂之積出比原數虧欠者皆謂之量同更不開虧欠一項如太倉城中軍民居址街衢河道俱作納粮田地量至北郊二十七保多出田畝若干將內二頃九十三畝有奇撥與太倉學收租益縮於城市而伸於郊墟故有此積出非原額之外田也別處

量出多餘者則以送京官之家自正統初至今量同者納無地之粮京官家享無税之利是雖何寅貽患於民而文襄安於成案不察其弊蓋亦不能無責也寅廣東南海人嘗問其家世已蕩然矣或者為官不忠所事之報邪

府官之制始於秦立郡守郡尉郡丞郡監之官漢因秦制罷郡監以丞相史分刺屬郡謂之刺史景帝改郡守稱太守郡屬有司馬之官後漢有郡主簿五官掾五官掾者兼置功曹戶曹決曹賊曹倉曹是也晉齊梁陳竝因之隋改刺史為總管以長史司馬録事參軍東西曹掾司功司兵司倉司士司馬司法司戶諸參軍為參佐而省治中別駕煬帝改總管為太守改

長史司馬為通守贊治尋改贊治為郡丞唐改太守
為總管又改總管為都督省郡丞置别駕長史餘悉
因隋制景雲初罷州都督為刺史天寶元年改刺史
為守乾元元秊陞州刺史為節度使大曆五秊改節
度使為觀察使　宋以知州大都督之銜其官屬有
通判長史司馬簽判〻官掌書記推官支使録事司
戶司法司士司理參軍政和閒置司儀司兵司功與
司録司戶司士司刑為州七曹宣和閒改州為路設
安撫使都總管兼本路鈐轄紹興初改州為府以知
州為知府設通判三員罷司儀司兵司功諸曹官元
改府為路設達魯花赤總管同知治中判官推官經
歷知事照磨提控案牘譯史及録事司達魯花赤録

事判官各一員　本朝改路為府革達魯花赤治中提控案牘譯史録事改總管為知府判官為通判而同知推官經歷知事照磨皆仍其舊檢校則建置云

今世富家有起自微賤者往〻依附名族誣人以及其子孫而不知逆理忘親其犯不韙甚矣吳中此風尤甚如太倉有孔淵字世陞者孔子五十三世孫其六世祖端越仕宋南渡至其父之敬任元通州監稅徙家崑山元祐初州治遷太倉新作學宮世陞多所經畫遂攝學事號莘野老人子克讓孫士學皆能世其業士學家甚貧常州某縣一富家欲求通譜士學力拒之歿後無子家人不能自存富家乃以米一船易譜去以此觀之則聖賢之後為小人妄冒以欺世者

多矣

周瑛良石知廣德州時作祠山雜辨其辨埋藏一事云按埋本作貍周禮以貍沈祭山川注云祭山林則貍之祭川澤則沈之是埋藏者本山澤之祭也其曰今夜埋藏及旦皆無有過言耳考諸本集誌埋藏事謂坎地深廣各五尺凡祭物皆三百六十舁置坎中蒙以太牢之皮反土而平治之土不見贏餘或加縮於初及久後埋藏或值其故穴皆不見其中所有此説未為無理蓋上不見贏餘者平治之也或加縮於初者物腐而土陷也久後埋藏不見中所有者物化也今盜發古塚皆不見其中所有者亦化也人言地熱則速化埋藏易化地熱故也道流欲神異之故為過

言以駭愚俗耳所云本集蓋祠山舊有指掌集良石按而辨之

布衣沈鑒文昭記覽博洽而放言自廢時目為沈落魄或問云今之居大位享大福者未必有學問有學問者多是貧賤無福何也文昭云有學問便是福何須富貴老僧惟寅嘗云讀書要有福無福者讀書不成如人家子弟有志讀書若無衣食之憂戶役之擾疾病之累以奪其心便是有福縱使無憂於衣食無擾於戶役若身常有疾則不能遂志即是無福此等議論皆有理

前代賜諸侯有湯沐邑賜公主有脂粉田而皇莊則未聞也今所謂皇莊者大率皆國初牧地及民田耳歲

計之入有內官掌之以為乘輿供奉然國家富有天下天地莫非其有倉廩府庫莫非其財而又有皇莊以為己有此固衆人所不識也聞大臣中惟彭文憲嘗言之其疏留中不出而言官不聞有議乞革罷者何邪或云正統天順間尚無之

瞿世用御史巡按廣東時嘗寢疾卧內有堊壁一堵一夕幻出山水圖世用心怪之然猶疑病中眼花妄有所見召縣官入視皆以為畫也乃命以墨塗之隱隱猶見筆跡後數日才滅世用病尋愈亦無他

京師閭閻多信女巫有武人陳五者厭其家崇信之篤莫能制一日含青李於腮紿家人瘡痛甚不食而臥者竟日其妻憂甚召女巫治之巫降神謂五所患

是名丁瘡以其素不敬神〻不與救家人羅拜懇祈然後許之五佯作呻喚甚急語家人云必得神師入視救我可也巫入按視五乃從容吐青李示之倅巫批其頰而出之門外自此家人無崇信者

布衣李靖不揆狂簡獻書西嶽大王閤下靖聞上清下濁爰分天地之儀晝明夜昏乃著人神之道又聞聰明政直依人而行至誠感神信不虛矣伏惟大王嵯峨擅德肅爽凝威為靈術制百神配位名雄四嶽是以歷像清廟作鎮金方遐規歷代哲王莫不順時禋祀興雲致雨天實肎從轉孽為祥何有不賴嗚呼靖者一丈夫爾何得進不偶用退不獲安呼吸若窮池之魚進退似失林之鳥憂傷之心不能已已社稷凌

遲宇宙傾覆奸雄競逐郡縣大崩遂欲建義横行雲
飛電掃斬鯨鯢而清海嶽卷氛祲以闢山河使萬姓
昭蘇庶物昌運即應天順人之作也又大寶不可以
妄據欲杖劍竭節未有飛龍在天捧忠義之心身傾
濟世志吐肝膽於階下惟神鑒之願告進退之機得
遂平生之志有賽德之時終陳擊鼓若三問不對亦
何神之有靈然後即請斬大王頭焚其廟建縱横之
畧亦未晚也惟神裁之右李衛公上西嶽書不見紀
載喜其奇而録之聞

高皇将起義陰卜於山寺伽藍神三投珓皆不許遂
擊破神像而去十數年間致成大業盖古之英雄豪
傑欲建功業若衛公者必其先有定志而假鬼神以

决之所謂質諸鬼神而無疑者也況帝王之興自有
天命雖鬼神之靈亦莫能測其機兆則夫叢祠土偶
豈能決哉

天順間太監曹吉祥忠國公石亨用事勢焰炙手可熱
文人武士出入其門以盜有名器者不可勝數京師
有賀三老者吉祥從子都督欽之妻父也見欽聲勢
日盛獨不踵其門欽嘗欲為求 官力辭不可乾麪
衚衕口一賣餅小家生女美而豔都督石彪欲取為
妾父母樂從之女獨不肎乃已未幾石氏敗彪棄市
曹欽謀反凡連姻及所親者誅竄殆盡三老獨免

京師有婦女嫁外京人為妻妾者初看時以美者出拜
及臨娶以醜者換之名曰戳包兒有過門信宿盜其

所有逃去者名曰拏殃兒此特里閈奸邪耳又有幼男詐為女子傳粉纏足其態逼真過門時乘其不意即逸去成化間嘗有嫁一監生者適無釁可逸及暮近之乃男子也執於官併其媒罪之有男詐為女師者京城内外人家留教鍼指後至真定一生家生往狎之力辭不許生強之乃男子遂縶之于官械送京師法司奏置極刑此皆所謂人妖也

鯇魚字一作鯶味美而子有毒不減河魨子食之能殺人聞蛇亦能化鱉凡鱉在旱地得者不宜食下水則無毒矣

駙馬都尉本秦漢官漢有奉車都尉主車輿駙馬都尉主駙馬騎都尉主羽林騎是謂三都尉今止稱駙馬

省文耳然唐人云戚里舊知何駙馬今人數列侯云公侯駙馬伯蓋詩詞文移取便無妨若君前奏對自當稱駙馬都尉今謁　陵陛辭復命皆云駙馬臣某蓋承襲謬誤莫之正耳

成化庚子山西石州民家生一猪二頭二尾八足共一脊生即死王主事禄公差至其地嘗聞之知州云

嘗與鄭介菴會飲介菴問魚餒肉敗不直曰魚爛肉腐而云然何如予不能對因請教曰魚之爛自内始如腹之餒肉之腐自外入如軍之敗請問何出云不知所出嘗聞之先輩張伯緒如此後讀程沙隨思問録中具此説始知出於程嘗見晦菴先生稱沙隨爲程文蓋前輩也思問録於論孟多所發明

同寮劉時雍言其鄉一女染奇病每中夜有物來與交日漸羸憊醫莫能治聞一道士能祛邪請治之道士求二童男沐浴更衣各授以劍作咒語噀水使舞〻將終叱之去二童趨出投水中久之不起衆危之踰半日水忽涌起二童共持一大蛇頭出頭微有角蓋蛟類也二童仆地久而始甦女是夜始安寢病不復作矣道士由是名譽大振後有人召之竟不驗或疑其犯淫污自壞也夫蛟惡物也昔周子隱許旌陽皆嘗斬蛟疑天地間自有此等神術人能至誠感神則神物爲之訶護而其術以行不然則深淵之底蛟龍之所蟠據人雖氣正而不武非其素優熟由之地而亡生以狥之鮮有不墮其牙頰者矣安望其能提蠲

體而出哉

翰林編修張元禎嘗建言選六科給事中不必拘體貌長大惟當以器識遠大學問該博文章優贍者充之其言最當徒以不拘體貌一言有碍竟托之空言而已葢六科係近侍官兼主奏對必選體貌端厚語言的確者以壯觀班行表儀朝宁但在前居此地者體貌非不端厚而其器識學問文章往往過人葢出自精選號為得人如姚夔葉盛林聰尹旻張寧輩是已以後則專以體貌為主而其所重者反不之計所謂出題考選亦不過虛應故事耳揆其所以其時與選者相繼多北人大率專主體貌則其類得以並進況學識兼備者必思舉其職而屢有糾彈不若安靜簡

默者之易制也臨山王忠肅公素有重望亦進一二鄉里之劣者則其餘不足責矣使為吏部者以公天下為心不陰厚鄉里遇缺選其體貌豐偉音吐正當者五倍其數試其奏議彈文數篇若場屋時文則不以試每五六人中擇其優者一人奏上如此而不得人吾未之信也

同寮吳味道處之遂昌人嘗言其家人看稻莊所夜吹鼕以自娛忽有大面姓人倚石而聽之次夜亦然家人知其為鬼物然未敢發也至三夜乃然炭坐處置鐵筋炭中取鼕吹之其物復來乃出其不意取筋刺之急趨水旁去詰旦蹤跡之見一大蝦蟇死水旁刺痕在其頷下

近時言官言宮闈事嘗受挫辱自是事無大小噤不敢言有孫御醫者素善詼人問生疥何以愈之曰請六科給事中餂之問故曰不語唖可治疥也崑山有徐生善寫竹嘗遊京師吏科有知者請寫竹於壁寫畢欲題其上云朝陽鳴鳳或云恐致人口語不若易以舞鳳或又以為不可乃以彩鳳易之有從旁語云鳴也鳴不成舞也舞不成不如好衣服摇擺過日可也衆哄堂一笑而散聞此等嘲詼固言路之不幸亦非國家之幸也

土兵之名在宋嘗有之　本朝未有也成化二年延綏守臣言營堡兵少而延安慶陽府州縣邊民多驍勇耐寒習見胡虜敢於戰鬭若選作土兵練習調用必

能奮力各護其家有不待驅使者兵部奏請　敕御史往會官點選如延安之綏德州葭州府谷神木米脂吳堡清澗安定安塞保安慶陽之寧州環縣選其民丁之壯者編成什伍號爲土兵原點民壯亦改此名其優恤之法每名量免戶租六石常存二丁貼其力後五石以下者存三丁三石以下者存四丁于時得壯丁五千餘名委官訓練聽調此陝西土兵之所由始也

成化十六年四月初二日雲南麗江軍民府巨津州雪山移動十七年六月十九日戌時大理府地震有聲民屋搖動二次而止鶴慶軍民府本日亥時滿川地震至天明約有一百餘次〻日午時止廨舍墻垣俱

倒壓死軍民囚犯皁隸二十餘人傷者數多鄉村民屋倒塌一半壓死男婦不知其數麗江軍民府通安州本日戌時地震人皆偃仆墻垣多傾以後晝夜徐動約有八九十次至二十四日卯時方止各處奏報地震無歲無之而雲南之山移地震葢所罕聞者故記之

菽園雜記卷之七

菽園雜記卷七　九十二